J. DE BEAUMONT

et

CHARLES MICHEL

Ce qui ne meurt pas

Pièce en cinq Actes

DEUXIÈME EDITION

PARIS
LIBRAIRIE DU *PANACHE*
42, rue du Bac, 42

MCMVI

CE QUI NE MEURT PAS

Il a été tiré de cet ouvrage
dix exemplaires sur papier Hollande,
numérotés et signés par les auteurs

A Monsieur CH. FERRARI
Président
du Cercle Provençal,
Directeur de l'œuvre du *Journal gratuit*

J. DE BEAUMONT

et

CHARLES MICHEL

Ce qui ne meurt pas

Pièce en cinq Actes

DEUXIÈME ÉDITION

PARIS
LIBRAIRIE DU *PANACHE*
42, rue du Bac, 42

MCMVI

DES MÊMES AUTEURS

De J. DE BEAUMONT :

Jean Morose, roman.

Ton Droit! Ton Roi, pièce en cinq actes,
(En collaboration avec Eugène Fontaine).

L'Ame d'un Livre, philosophie.

L'Ave Maria, vers,

En préparation.

Le Rachat, contes.

L'Ame Refleurie, roman.

Mémoires d'un Habitant de Mars, roman.

De J. DE BEAUMONT et CH. MICHEL.

Les Apparences, pièce en un acte.

En préparation.

De J. DE BEAUMONT et CH. MICHEL.

Madame de Prie, pièce en cinq actes.

De CH. MICHEL.

Contes des Rideaux de lin, contes.

CE qui ne meurt pas, *n'est pas une pièce historique. Les érudits pourront reprocher aux auteurs d'avoir, dans leur marquis de Talmont, évoqué la figure du prince de Talmont, exécuté à Laval six mois avant la dernière scène du drame qu'ils ont écrit, comme ils pourront s'étonner de certaines rencontres et controuver maints détails chronologiques.*

Ce sont moins des hommes que l'on a mis en scène que des types d'humanité : le royaliste traditionnel, le prêtre, l'officier, le jeune enthousiaste des idées nouvelles, le républicain fervent et le sectaire égoïste.

Les héros de ce livre passent dans une époque et s'agitent au milieu d'événements historiques: leurs passions et leurs paroles sont de tous les temps.

Et c'est demain qu'on voit sur la scène, quand on évoque les luttes d'hier.

J. de B. et C. M.

TABLE ANALYTIQUE

ACTE I

Le Gouvernement de Vendée, en 1787

ACTE II

Le 12 Juillet 1789. — Peuple et Noblesse.

ACTE III

Le 10 Août. — Tigres et Lions.

ACTE IV

Au bivac. — Ames de Soldats.

ACTE V

L'Echafaud. — Le Sang des Martyrs.

PERSONNAGES

LE MARQUIS DE TALMONT
MARAT.
L'ABBÉ.
CHARLES DE TALMONT.
HOCHE
MARCEAU.
LE COMTE DE MAUGUYON.
CHARETTE.
CAMILLE DESMOULINS
JEAN, domestique vendéen.
CARRA.
BONNEVILLE.
FAUCHÉ.
CHARTON.
JEAN CHOUAN.

UN GEOLIER, UN GREFFIER, UN MARCHAND, HOMMES DU PEUPLE, UN AVOCAT, UN BOURGEOIS, SEIGNEURS, OFFICIERS, PAYSANS, OUVRIERS, INSURGÉS PARISIENS, PAYSANS VENDÉENS, SOLDATS RÉPUBLICAINS, etc.

ACTE V

La prison de Laval, le 18 Thermidor 1795.

Une vieille prison voûtée. Porte à gauche ; fenêtre grillagée à droite.

SCENE I

LE MARQUIS, CHARLES DE TALMONT, L'ABBÉ, LE CHEVALIER DE MAUGUYON, MARCEAU, JEAN.

Au lever du rideau, le marquis écrit, et Charles et l'Abbé sont auprès de lui. Marceau se promène, prend un escabeau et regarde par la fenêtre. Mauguyon, au premier plan, cause avec Jean et le geôlier.

CHARLES, *à son père.*

Dis-lui qu'elle sèche ses larmes... que son fils préfère la mort pour ses convictions à une fin ignominieuse et sans gloire.

L'ABBÉ

Parlez-lui du ciel où notre supplice va nous conduire et où elle nous retrouvera.

Le marquis continue sa missive.

LE GEOLIER, *parlant à Mauguyon.*

Je ne sais pas, citoyen, si ce sera pour aujourd'hui... Il y a du grabuge au Tribunal. Depuis hier, l'Accusateur public n'a pas paru. Il a, paraît-il, reçu de Paris des nouvelles qui l'ont singulièrement troublé.

JEAN

On dirait, mon vieux, que tu nous verrais, sans peine, échapper au...

Après avoir fait chut sur ses lèvres, il montre son cou.

LE GEÔLIER

Ah ! pour sûr, que je serais heureux si la Loi me permettait de mettre en liberté les gens que j'ai connus autrefois et les camarades comme toi, avec qui j'ai joué étant enfant...

MAUGUYON

Et ton civisme ?

LE GÉÔLIER

Mon civisme, mon civisme..! on a sa carte ! on est bon patriote... on ne laisserait pas échapper un prisonnier... même pour des monceaux d'or... Mais, tout de même ... tant de victimes... ça crève le cœur.

Mon pauvre Jean...

JEAN, *philosophe.*

Oh ! mon vieux, ce n'est qu'un moment à passer ... et puis nous autres, on s'embarque en sachant où l'on va. Je m'imagine que ça serait rudement plus dur si, comme tes républicains, je ne croyais pas à la justice de Dieu.

Pour nous, vois-tu, c'est un passage.

Pour vous autres, c'est un trou. Brr... !

LE GEÔLIER

La Convention a chassé les prêtres et aboli le culte. Mais (*il baisse la voix*) entre nous, ce n'est pas les plus enragés qui sont disposés à se passer des curés. On crie bien fort, on fait le bravache et puis, quand un petit vient au monde, quand on prend femme, quand on sent qu'on va mourir, on court en chercher un.

MAUGUYON, *avec un sourire.*

Vox populi, Vox Dei.

LE MARQUIS

Geôlier, on m'a autorisé à écrire une lettre à la Marquise... Mettons à la citoyenne de Talmont (*railleur*) pour qu'elle arrive.

Vous vous chargerez de la faire parvenir et vous garderez cette bourse (*il la lui donne*) en souvenir de vos bons offices.

Allez !

Le geôlier sort en faisant un signe affectueux à Jean.

SCENE II

LES MÊMES, MOINS LE GEOLIER

MAUGUYON, *au Marquis.*

Il paraît que le tribunal révolutionnaire n'a pas siégé ce matin. Il paraît que l'Accusateur public se cache... Une de nos armées aurait-elle inquiété ces lâches coquins ?

LE MARQUIS

Ne vous bercez pas d'illusion, mon cher chevalier. Les armées du Roi sont dispersées. Les Républicains ont inventé cette infamie de payer des assassins et des incendiaires qui arborent la cocarde blanche pour discréditer, auprès des paysans, la chouannerie. Les nôtres sont traqués et forcés de se terrer.

L'heure n'est pas venue encore des beaux réveils et des sanglantes expiations.

MARCEAU, *se retournant.*

Monsieur le Marquis, en se haussant vers cette lucarne, on aperçoit les tours du château de Talmont.

LE MARQUIS

Le château est là, et il sera encore là, dans cent ans, comme un témoin des efforts du passé.

Les hommes s'en vont... leurs œuvres restent.

Qu'importent la mort d'un gentilhomme et la mort d'un prêtre, si le château qui protège la Patrie contre les invasions, et l'Eglise qui protège les âmes contre le doute restent debout ?

Ils retrouveront d'autres soldats et d'autres desservants.

CHARLES, *amicalement à Marceau.*

Tu songeais, en apercevant notre vieux château, à notre dernière entrevue, là-bas.

Depuis, tu nous a sauvé la vie au 10 août et

nous avons raffermi ton cœur dans la forêt de Pertre.

Maintenant, nous voilà tous devant la mort.

L'ABBÉ

Les éternelles leçons que Dieu donne aux hommes sont toujours les mêmes, dans leur infinie variété.

A Charles.

Vous, la Noblesse, et peut-être nous, le Clergé, avons-nous péché par orgueil.

C'est l'orgueil qui a perdu ces pauvres enfants du peuple. Nous portons le poids de lourdes fautes et de grandes iniquités.

A Marceau.

N'eût-il pas mieux valu rester un bas officier du Roi que devenir un général de la République, jeté dans les cachots par une République inconstante...?

MARCEAU

Qu'ai-je à regretter ? J'ai suivi mon rêve et je meurs le cœur empli d'un beau Rêve.

LE MARQUIS

Il est toujours beau de mourir pour une idée.

Mais, crois-tu encore que ta République soit le meilleur et le plus pur des régimes ?

MARCEAU

J'ai été loyal, honnête et brave. J'ai été un soldat et la République m'a frappé.

LE MARQUIS

Alors, tu renies la République.

MARCEAU

Je renie ceux qui la conduisent.

LE MARQUIS

Ceux qui la conduisent sont ceux qui l'ont faite : des dévoyés, des êtres sans foyer, sans conscience, sans avenir.

Ceux qui la conduisent sont ceux qui la perdront.

MARCEAU

Je crois au progrès ! Je crois à la marche de la civilisation ! Je crois à l'avenir de la science !

LE MARQUIS

Des mots ! des mots ! des mots ! L'homme du XVIIIe siècle n'en sait pas plus que le sauvage des premiers siècles sur le problème de l'infini.

Dieu a créé l'homme à son image.

Pas mieux qu'il ne peut connaître, en sa vie terrestre, l'infini de temps et d'espace, l'homme ne peut connaître l'infini de justice, de vérité et de beauté !

C'est après la mort qu'il recevra la lumière, et il n'aura la lumière que s'il a désiré la lumière.

Crois-tu à la Vie Future ?

MARCEAU

Quand on regarde la Mort en face, on croit à la Vie Future.

Je suis encore républicain ! Je ne suis plus athée. Je crois en Dieu et je veux mourir chrétiennement.

LE MARQUIS, *pensif.*

C'est ainsi que s'évanouissent les mensonges et que tombent les blasphèmes.

Quand les sociétés secrètes, qui mènent la République, auront étouffé tout germe d'idéalisme et fait l'homme semblable à la bête, les plus grands savants : ceux qui guériront l'humanité et la préserveront des pires calamités ; les plus grands héros : ceux qui s'en iront sur les mers lointaines lutter contre les races adverses, proclameront leur croyance en Dieu.

La science un jour rappellera la religion que le faux savoir aura chassée. Et ce sont les Intellectuels qui, après avoir pourri le peuple, panseront ses plaies et le consoleront.

On entend au dehors un bruit d'armes. Des portes s'ouvrent. Des verrous heurtent les durs battants.

MARCEAU

C'est la délivrance !

LE MARQUIS

C'est le repos !

CHARLES

C'est le martyre !

L'ABBÉ

C'est le salut divin !

La porte s'ouvre. Hoche, en tenue de général de la République, paraît sur le seuil.

MARCEAU

Toi ! toi ! mon ami !

Il court vers lui et le serre dans ses bras.

HOCHE

Oui, moi qui viens te chercher, moi qui viens te délivrer !

LE MARQUIS

Ah! tant mieux! mais que se passe-t-il? La République n'est plus la République, si l'héroïsme et le courage y ont prise sur les mauvaises passions, et si un soldat, même heureux, peut faire délivrer un homme condamné sans appel par le Tribunal Révolutionnaire.

HOCHE

Qui sait où est la République, et si c'est la République d'aujourd'hui ou celle d'hier qui est la vraie République. J'étais emprisonné, moi aussi, accusé de tiédeur et de rebellion contre la Convention. Et pourtant, je n'ai jamais connu que ma consigne et suivi que mon devoir.

La veille de ma délivrance, j'avais vu partir pour l'échafaud ce noble cœur, cette âme vibrante comme une lyre, cette pure gloire poétique de la France de 89 qui s'appelait André Chénier... et j'attendais mon tour.

C'est Saint-Just qui m'a remplacé dans ma cellule. Robespierre agonisait au dehors. Son frère, Couthon, Lebas, la plupart de ses seïdes avaient cherché la mort devant le peuple révolté contre leur infamie.

Le lendemain, avec Saint-Just qui, seul, avait conservé sa froide impassibilité, une même charrette les portait tous à l'échafaud.

CHARLES

Robespierre est mort ?

MAUGUYON

Marat et Robespierre partis, la Révolution est finie.

LE MARQUIS

Marat et Robespierre étaient les deux instruments d'une société qui, pour dominer le monde, voulait supprimer tout germe de religiosité, en supprimant la conscience humaine.

Leur œuvre fut vaine. Demain les églises rouvriront leurs portes.

Mais, cette société menée par l'ambition et la haine ne désarmera pas. Au lieu de frapper au grand jour, elle minera dans la nuit les institutions et les croyances.

Et pour extirper de cette terre de France les cailloux du mensonge et de l'erreur qu'elle y a semés, il faudra le fer de la charrue.

HOCHE, *à Marceau.*

J'ai obtenu immédiatement un décret de libération pour toi. Je suis venu te chercher et nous allons partir pour la frontière.

Les hommes comme nous ne meurent pas vieux, mais le manteau militaire est le linceul qui leur convient.

Au marquis qui le regarde.

Vous avez dit, Monsieur le Marquis, que la Révolution aurait une fin. Mais la France ne doit pas en avoir. Soldats de France, nous allons combattre pour elle.

CHARLES, *violent.*

C'est peut-être un reproche, Monsieur, à nous les insurgés.

Mais, pourquoi donc avons-nous combattu, si ce n'est pour l'honneur et le bonheur de la France ?

HOCHE

J'ai combattu les vôtres, je les combattrai encore lorsqu'ils feront appel au secours de l'étranger.

LE MARQUIS

Vous n'avez que cela à la bouche, et c'est

ainsi que vous nous jetez la pierre alors que votre République ne s'est faite, ne subsiste et ne subsistera jamais qu'avec l'or de l'étranger.

Qui a donné des ressources à votre franc-maçonnerie ? L'étranger.

Qui a désorganisé l'armée ? L'étranger.

Qui a fait les frais de tant de publications destinées à corrompre l'armée française ? L'étranger.

Mais la haine de l'étranger contre la France est le mobile de tous les actes de ceux qui dirigent la République.

HOCHE

Vous ne nous refuserez pas, cependant, à nous, le droit de dire que nous aimons notre pays...

LE MARQUIS

Oui... vous, les sincères, les propres.. les abusés. Vous l'aimez, la France, certes, mais moins que nous qui l'avons faite.

Le sang de nos veines coulera toujours pour elle... partout.. en toute occasion.

Mais, il viendra un moment où les vôtres, corrompus, viciés par l'or et la débauche, déclareront que son drapeau n'est qu'une loque.

C'est là qu'on verra la différence qui existe

entre les traditions chevaleresques de la noblesse et l'esprit sectaire de la République, qui, annihilant la religion, la famille et la liberté, fait de la patrie une vaine formule et ramène son existence à un maigre intérêt pour lequel on ne sait pas mourir.

HOCHE

Ma conscience de républicain m'ordonne de ne pas entendre vos paroles.

Mon cœur de patriote est bien près de répondre aux battements du vôtre. Allons souffrir ! Advienne que pourra ! nous aurons fait notre devoir.

MARCEAU

Adieu ! adieu ! Je vous ai combattus, mais je vous aime, je vous vénère.

LE MARQUIS

Et moi, puisque tu vas mourir sous le drapeau de la France, je te donne ma bénédiction.

JEAN

Il y a là une vieille bouteille de vin que m'a fait passer le geôlier Trinquon avant de nous séparer.

Il met des verres. On boit.

LE MARQUIS

A la mort glorieuse !

HOCHE

A la France !

CHARLES

A la Patrie !

MAUGUYON

Des soldats chantent devant la mort.

HOCHE *chante.*

A la voix du canon d'alarmes
La France appelle ses enfants.
Allons, dit le tocsin, aux armes !
C'est ma Mère et je la défends.

HOCHE, LE CHŒUR, *au dehors.*

Mourir pour la patrie,
C'est le sort le plus beau,
Le plus digne d'envie.

Hoche et Marceau sortent lentement.

SCÈNE III

LES MÊMES, MOINS HOCHE ET MARCEAU

On entend au dehors des bruits de chevaux, des mouvements de foule.

JEAN, *près de la lucarne et bas à Mauguyon.*

Les troupes entourent la guillotine, et, quoi qu'en ait dit le geôlier, je crois bien que ce sera pour ce soir.

MAUGUYON, *bas.*

Oui, oui, tout est fini...

Prêtant l'oreille.

C'est notre mort qu'on attend.

JEAN

Monsieur le Marquis leur a dit au tribunal : « J'ai fait mon devoir, faites votre métier. » Ils vont faire leur métier de républicains.

Mauguyon descend vers le marquis et, d'un geste, lui désigne la fenêtre.

LE MARQUIS

C'est bien. J'ai compris ! Notre tâche est finie. Il ne nous reste plus qu'à prier pour notre pays et à demander à Dieu que notre sang soit le dernier versé.

Ils se mettent à genoux. -- A l'abbé.

Comme des chevaliers des anciens âges, nous nous sommes confessés les uns devant les autres ce matin. Donnez-nous l'absolution.

L'ABBÉ

Que Dieu vous absolve en sa miséricorde ! Que Dieu vous reçoive en sa gloire. !

SCÈNE IV

LES MÊMES, UN GREFFIER, LE GEOLIER, DES SOLDATS.

LE GREFFIER, *appelant.*

Le ci-devant Marquis de Talmont, Charles de Talmont; le ci-devant chevalier Mauguyon, le citoyen Jean.

JEAN, *fièrement, le toisant.*

Tu aurais pu m'appeler Monsieur pour une fois, avant de m'envoyer à la mort.

LE GREFFIER

Partons !

L'ABBÉ

Et moi ?

LE GREFFIER

Depuis le 9 thermidor le sort des prêtres refractaires est réservé.

L'ABBÉ, *tombant à genoux.*

Ils vont mourir ! ils vont mourir, et moi je reste seul. Ah ! mon Dieu! mon Dieu, donnez-moi le courage de boire ce calice.

Les autres sont sortis. On entend au dehors le bruit des crosses.

Ils marchent... et je ne suis pas là !... Ils vont mourir, et le prêtre n'est pas là.

On entend au dehors un roulement de tambour.

Seigneur ! Seigneur, donnez-leur la force de mourir sans défaillances. Recevez-les au ciel !

LE MARQUIS, CHARLES, MAUGUYON, JEAN, *au dehors.*

Vive le Roi !

Le couperet tombe trois fois. Les cris s'éteignent et diminuent à chaque coup. Jean reste seul.

JEAN, *au-dessus des bruits de la foule.*

Pour mon pays ! pour mon Seigneur ! pour mon Roi !

Dernier coup de couperet.

SCÈNE V

L'ABBÉ, *seul.*

L'ABBÉ.

Tous au ciel ! le grand seigneur, l'officier, l'humble paysan.

Le sang des martyrs n'a jamais coulé en vain sur la face du monde ! le sang des martyrs régénèrera la France !

Avec exaltation.

On peut faucher les générations ; on peut supprimer la conscience et marteler le cœur des hommes : on n'empêche par l'aurore de se lever sur la terre ; on n'empêchera pas la foi de refleurir dans le cœur des hommes.

Tant que les hommes naîtront, tant que les hommes mourront, ils penseront à Jésus-Christ qui s'est sacrifié pour eux et qui leur a ouvert les portes de l'Eternité.

Tant qu'il y aura une famille et un être qui

parlent une langue humaine, il y aura une Patrie.

On ne tue pas la Foi ! On ne tue pas la Patrie.

Notre France éternelle reverra les belles moissons d'espérance, les belles moissons de joie et d'amour, quand elle sera revenue à **ce qui ne meurt pas : la foi éternelle en Dieu, et l'obéissance aux rois de la terre.**

FIN

Imprimerie des Ateliers Professionnels. — MARSEILLE

ACTE PREMIER

A Laval, au château du Marquis de Talmont, gouverneur, en 1787.

Un salon somptueux. — Baie au fond sur un grand parc d'arbres chenus. — Portes à droite et à gauche. — Meubles Louis XV.

SCÈNE I

LE MARQUIS DE TALMONT, MARAT, CHARETTE, MAUGUYON, CHARLES DE TALMONT, HOCHE, MARCEAU, OFFICIERS, GENTILSHOMMES.

LE MARQUIS

Oui, Messieurs, la bonté du Roi me permet de rentrer à Versailles.

Voilà quinze ans que le gouvernement de cette province m'impose de rudes devoirs.

On avait parlé de Révolution. On avait dit que les masses populaires se désaffectionnaient de la Royauté.

Des émissaires, menés par on ne sait quelles mains d'ombre, parcouraient les campagnes, montrant les châteaux et les églises et affirmant : « De tout cela, il ne restera bientôt plus pierre sur pierre. »

C'était un travail sourd et lent de désagrégation. Les cervelles des paysans s'échauffaient aux promesses de pillages et de rapines. Les gens de la ville, qui fréquentent les beaux esprits, n'avaient plus que sourires moqueurs pour nos vieilles croyances et pour nos antiques traditions.

Sur le passage du prêtre, comme sur le passage du noble, il y avait des ricanements qui pouvaient se changer en grossières injures, des injures qui, déjà, sentaient la menace.

LE CHEVALIER DE MAUGUYON

Oh ! on les connaît, ces grognements de la populace. Elle crie, puis elle paie.

LE MARQUIS

On disait cela autrefois de Jacques Bonhomme ; mais, dans le trouble profond causé par les prétendus philosophes, il s'agit de quelque chose de bien plus grave que le recouvrement des impôts : c'est l'Église et c'est le Roi qui sont en cause.

Des écrivassiers orgueilleux osaient affirmer que l'on peut se railler des lois divines, et Dieu, dont la mansuétude est infinie, ne les avait pas frappés de sa foudre.

Des rêveurs humanitaires parlaient d'un gouvernement où ceux que Dieu a façonnés pendant vingt générations pour qu'ils portent le poids des tristes gloires du pouvoir, seraient mis au niveau des autres hommes.

On niait le Sceptre, on niait l'Épée, on niait la Croix !

Les hommes, affolés de sophismes, croyaient voir s'élever, sur les ruines du monde ancien, un palais splendide et glorieux.

Comme des Titans, ils escaladaient toutes les cîmes et portaient leur orgueil en face du soleil.

La bonté du Roi, les réformes accomplies, ont fait s'évanouir à tout jamais, je l'espère, ces illusions et ces mensonges.

MARAT

Mais, Monsieur le Marquis, ces conceptions d'une société nouvelle ne correspondent-elles pas aux données de la science ? Jean-Jacques Rousseau n'a-t-il pas prouvé que les hommes naissent libres et égaux... ?

CHARLES, *interrompant.*

Jean-Jacques Rousseau a dit... Voltaire a dit... Tous les encyclopédistes ont dit... Et c'est avec leurs mots que l'on veut nous détourner des vieux principes sacrés qui ont fait la gloire et le bonheur de tant de générations disparues.

Siècle de bavardages !... siècle de rêvasseries ! Comme je suis heureux de n'être qu'un soldat et, méprisant la science des rhéteurs, de n'avoir pas à me préoccuper de ce fatras de théories creuses et d'absurdités.

Je connais peu de choses, Monsieur le savant, mais je sais bien ce qu'il faut faire pour observer ma consigne.

Ma science ne va que jusqu'à la préservation de la Famille, de la Patrie, de la Royauté, de la Religion : elle est moins pompeuse que la vôtre, mais elle est plus certaine.

Vous rêvez et vous souffrez : moi, j'agis !

Vous voulez connaître le secret des choses, et vous meurtrissez votre front aux parois de l'idéal... Je ne suis qu'une force obscure que la foi dirige vers un but glorieux, **mais je connais la Sérénité.**

LE MARQUIS

Tu as raison, mon fils! La sérénité du cœur ! la sérénité de l'esprit : tout est là !

C'est parce que je les eus que j'ai pu surmonter ici les difficultés de ma tâche.

Tout était troubles et révoltes.

Je suis venu. J'ai rétabli la paix, parce que j'ai su montrer aux uns le néant de leurs ambitions, aux autres le crime que l'on commet en laissant faire et en apportant aux perturbateurs l'appui de l'indifférence égoïste et du bravo des sceptiques.

J'ai dit au paysan à qui l'on promettait la fortune : Regarde ton blé qui pousse ; au père, que l'on grisait de révolte : Regarde ton fils qui sourit dans son berceau... Et tous ont compris qu'il n'y a que le travail pour faire la vie matérielle et pour assurer l'avenir.

A ceux qu'affolent les phantasmes de la philosophie, j'ai donné un catéchisme de cinq sous et je leur ai gravé dans le cœur ces paroles : « Aimez-vous les uns les autres! Rendez à César ce qui est à César, et à Dieu ce qui est à Dieu ! »

Regardant Marat.

Quant aux méchants, je les ai contenus sous la forte main de l'autorité.

Je vous dois à tous, Messieurs, des remerciements au nom du Roi, pour la part que vous avez prise dans cette œuvre de pacification.

Allant à Hoche et à Marceau.

Et quant à vous, mes braves petits soldats, si je vous ai fait appeler aujourd'hui, si j'ai voulu que vous soyez là avec vos officiers, c'est parce que, enfants du peuple, vous m'avez servi à parler au peuple et que votre fermeté, votre loyauté, votre courage en face de l'émeute ont évité des collisions où le sang français eût coulé !

Je vous ferai désigner pour Paris, mes enfants. Il y faut de bons et loyaux sergents comme vous pour montrer aux turbulents que la guerre civile est le plus odieux de tous les forfaits.

HOCHE

Monsieur le Marquis, je suis un humble entre tous les humbles. Je suis entré dans l'armée pour consacrer ma vie à la Patrie : quoi qu'il arrive de ses destinées, je veux mourir pour elle.

MARCEAU

Ah ! oui, mourir ! mais à la guerre plutôt que dans ces disputailles.

Que c'est beau, le combat, avec ses enivrements, avec ses fureurs, mais aussi avec ses gloires et la palme qu'on ne donne qu'aux martyrs et aux héros !..

LE MARQUIS, *le regardant bien en face.*

Mon enfant, on n'est un héros que lorsqu'on n'a jamais trahi la cause à laquelle on a juré fidélité ! Souvenez-vous en toujours !

A tous.

Maintenant, Messieurs, tout est calme dans ce pays, et les factions sont éteintes.

Je vais passer quelque temps à la Cour, pour entretenir le Roi de ce que j'ai vu et de ce que j'ai appris. Puis, j'irai terminer ma vie, près de la Marquise, dans mon vieil hôtel de Paris.

J'ai vu passer pas mal d'orages. Je voudrais finir comme un jour d'été, dans le calme et la douceur.

L'ABBÉ

Monsieur le Marquis, vous m'avez pris enfant dans la chaumière où la mort m'avait laissé seul. Vous m'avez élevé et vous m'avez préparé pour le saint ministère.

Les remerciements que je vous dois, je les adresse tous les jours à Dieu, en priant pour vous.

Mais, je tiens à vous dire ceci, au nom des pauvres que votre charité m'a permis de secourir, au nom des malheureux dont la parole chrétienne a relevé le front douloureux : Vous avez fait aimer ici la Majesté royale, dont vous étiez le représentant. Vous avez fait comprendre que la seule et sublime fraternité, c'est celle qui fait se pencher les puissants du jour vers les humbles et qui fait que les humbles se serrent à l'heure du danger autour du chef, comme les enfants autour du père menacé..

Vous avez ramené la concorde ; vous avez, par votre exemple, raffermi la foi.

Quand des voix mauvaises conseilleront le trouble et la négation, le peuple se souviendra de vous.

CHARETTE

Monsieur le Marquis, au nom des gentilshommes de ce pays, sachez que tout ce qui a fait la gloire de nos aïeux est pour nous un patrimoine sacré. Dites au Roi que les traditions qui ont permis de constituer la France ne sont pas mortes parmi nous.

Nous arborons un titre et nous levons haut le front parce que, depuis douze siècles, les nôtres ont souffert pour la même cause et sont morts pour la France, chaque fois qu'il a fallu la défendre ; pour le Roi, chaque fois qu'on a voulu toucher au Roi, car le Roi, c'est l'incarnation de la France.

Vous êtes le type du gentilhomme, c'est-à-dire de celui qui a un héritage si lourd de gloire et d'honneur qu'il doit porter son fardeau de sacrifice et d'abnégation comme un Roi porte sa couronne.

Eh bien! sachez que, si vous deviez revenir en une heure de péril, nos épées loyales et fidèles seraient là pour suivre la vôtre au chemin de l'honneur.

Sachez qu'il y a ici des hommes qui n'oublieront jamais la leçon qu'ils ont apprise dans l'histoire des vieux ancêtres et sur les pierres des tombes où sont gravés leurs exploits !

LE MARQUIS

Je vous remercie, mon cher enfant, et vous, Messieurs les gentilshommes, de ces paroles hautaines qui réchauffent mon vieux cœur.

L'heure du repos a sonné pour moi.

Puisque je sais qu'il y a encore, dans mon

pays, tant de fidélité et tant de loyauté chevaleresques, c'est sans crainte que je m'endormirai dans la mort.

SCÈNE II

Les Mêmes, JEAN

JEAN

Monsieur le Marquis, le parc est envahi par les délégués des paysans qui viennent, en habits de fête, vous présenter leurs compliments.

MARAT, *ironique.*

Ils viennent, sans doute, prier Monsieur le Gouverneur d'assurer le Roi de leur fidélité et de leur dévouement !

JEAN

Certainement que les gars de chez nous peuvent parler de fidélité et de dévouement. Et ce n'est peut-être pas de votre faute, M'sieur l'Médecin ! C'étaient de vos amis, ces biaux parleurs de Paris qui parlaient de brûler tous les châteaux des nobles. On les a reçus à coups de fourches, et, s'ils ne s'étaient ensauvés, on les aurait accrochés aux pommiers, avec une belle cravate de chanvre.

Les paysans de Monsieur le Marquis, c'est tous ses enfants ! V' s'entendez, M'sieur Marat.

LE MARQUIS

Jean, je te défends d'être insolent avec les gens de mon service. Le Docteur Marat est de ma maison et j'entends...

JEAN

Oui, Monsieur le Marquis, on sera poli...

A part, et montrant le poing à Marat.

O toi ! avec tes airs de bête fauve, si tu veux jamais mordre... gare à ma trique.

LE MARQUIS, *simplement et désignant le parc.*

J'aime ces braves gens et je suis infiniment heureux d'aller leur serrer les mains avant mon départ. Allons les retrouver dans le parc où nous attendent déjà nos dames, au milieu des fleurs.

Ils sortent.

JEAN, *le dernier, regarde Marat qui reste.*

Vieux fou, tu vas encore ruminer quelque méchanceté. Mais, oh ! là, là, gare à ma trique!

Il sort.

SCÈNE III

MARAT, HOCHE, MARCEAU

Marat invite du geste Hoche et Marceau à rester.

MARAT, *se promenant rageusement.*

Enfin, c'en est fini de toutes ces grimaces et de tous ces grands mots..! Des traditions ! des honneurs... des convictions qu'ils gardent parce que leurs aïeux les ont gardées... voilà tout ce qu'ils savent dire.

Mais, est-ce que cela résiste au scalpel du médecin ?

Montrant le poing vers le jardin.

Ah ! vous pouvez brandir vos épées fragiles et secouer les oripeaux de votre gloire ; tout le passé que vous représentez s'effrite au souffle des vents comme les blasons sculptés au seuil de vos vieux manoirs croûlants.

On chante au dehors :

Il était une bergère...

Vous chantez et vous dansez, et l'on coupe pour vous toutes les fleurs. Moi, je vois là, dans l'avenir, une moisson rouge faite avec les têtes orgueilleuses des aristocrates.

Voix au dehors : « Vive M. le marquis ! Vive le Roi ! »

Crie, crie donc, peuple esclave qui acclames toujours le plus fort. Je t'entraînerai bientôt vers d'autres fêtes et c'est à moi qu'iront tes acclamations et tes vivats.

Se tournant vers Hoche et Marceau.

Camarades, je vous ai fait affilier au Temple maçonnique, et vous avez juré solennellement d'obéir et de suivre les ordres de vos chefs.

Il est temps de vous révéler les secrets qui mènent les maîtres de cette société appelée, demain, à dominer le monde.

Lors de votre initiation, on vous donna, comme devise de notre confrérie, ces trois lettres : L. D. P., et l'on vous dit alors que cela signifiait : Liberté, Devoir, Patrie !

On vous parla de sentiments humanitaires, de fraternité, du pays même, comme si nous devions arrêter notre essor aux frontières et nous soucier du hasard qui nous fît naître ou Français ou Prussiens.

Aujourd'hui, je veux vous découvrir les arcanes supérieurs : L. D. P., pour les initiés cela signifie : « Lilia destrue pedibus ».. FOULE AUX PIEDS LES LYS DE LA ROYAUTÉ.

Nous avons déclaré la guerre aux têtes couronnées parce que les Rois sont les défenseurs de l'Église et que c'est l'Église que nous voulons abattre.

Quand nous aurons couché le dernier des Rois dans la tombe, nous pourrons préparer le cercueil du dernier des prêtres. Mais la France est la fille ainée de l'Eglise ; mais ses Rois ont brûlé nos précurseurs, les Templiers factieux : c'est par le Roi de France que nous commencerons et, s'il faut, pour le triomphe de nos idées, supprimer la France, eh bien ! nous supprimerons la France.

Hoche et Marceau, indignés, font un geste pour sortir.

Restez-ici. Souvenez-vous de vos serments. Ecoutez-moi.

Le départ de l'homme qui était ici tout à l'heure nous donne un moyen d'action. Il faut agir.

Il nous maintenait par sa fermeté, par la grandeur de son caractère. Dès demain, je veux que nous travaillions à notre œuvre de propagande. C'est pour cela que je vous ai révélé nos visées et nos ambitions. Pas de crainte, et, ce soir, au rendez-vous où les frères vous apprendront ce qu'il faut que vous fassiez pour que, bientôt, de nouveaux troubles éclatent.

MARCEAU

Vous n'y songez pas ! Comment, profiter du départ de celui qui est notre protecteur, notre bienfaiteur, pour anéantir son œuvre! Trahir l'hospitalité, fouler aux pieds la reconnaissance : c'est impossible ! impie !

MARAT

Impossible ! Impie ! Voilà bien des mots de jeunes gens.

Impossible ! Il n'y a rien d'impossible au nombre, à la force, à la ruse !

Impie ! Que m'importe à moi et aux miens, puisque notre blasphème sacrilège brave les colères de la divinité !

HOCHE

Soit ! mais n'avez-vous pas abusé de nous en nous entraînant dans une société où nous ne croyions rencontrer qu'aspirations sociales et fraternités d'humbles, tandis que nous y rencontrions la révolte et la haine.

Quand j'ai prononcé des vœux solennels, c'était pour la défense de la liberté et de la patrie!

Je voulais livrer mon pays aux mains des

travailleurs et non à celles d'une secte ténébreuse! Je rêvais à un devoir supérieur d'humanité. Je croyais à l'établissement d'une République d'amour, de tolérance, de concorde, et voilà que vous insultez le Ciel et la tombe des morts. C'en est trop !

MARAT

Vous avez juré ! Vous avez juré !

S'exaltant.

Mais suivez-moi, suivez-moi donc ! Vous verrez qu'il y a quelque chose de plus beau que le devoir et que la patrie ! C'est la joie d'être en haut quand on était en bas. C'est l'orgueil d'abaisser la majesté qui humiliait notre bassesse. C'est la puissance qui nous permet de braver tout ce que nous avons craint jusque là.

Suivez-moi!... Et, quand il n'y aura plus ni rois, ni prêtres, ni seigneurs, je ferai de vous des hommes libres.

Pauvres bas officiers, enchaînés dans les grades infimes, je ferai de vous des chefs. Tous auront de quoi satisfaire leur faim, de quoi contenter leurs passions.

Ah ! je vois l'aube... ah ! je vois l'aurore d'une ère nouvelle.

La nuit tombe sur la scène.

MARCEAU

Avant les aurores, il y a des nuits profondes comme la nuit des tombes. N'y songez-vous pas ? Une révolution sanglante ! Des deuils et des ruines ! Un monde qui s'écroule ! Et la nuit affreuse ! la nuit du doute et du désespoir ! Ah ! j'ai peur de cette nuit si longue. Les fantômes des temps passés y apparaissent avec des mains suppliantes, en nous demandant de ne pas abandonner ce qui fit la joie et la fierté de tant d'êtres disparus. J'ai peur et je me sens faible.

MARAT

Ma conviction t'échauffera et mes raisons te donneront le courage. Crions : Vive la République Universelle !

SCÈNE IV

LES MÊMES, LE MARQUIS, TOUS SES AMIS, JEAN, DES PORTEURS DE FLAMBEAUX, LE PEUPLE.

CHARETTE

Marquis, vous allez à Versailles... Dites bien que nous sommes tous prêts à mourir sur un signe pour notre Dieu, pour notre Roi !

LE PEUPLE

Vive le Roi !

ACTE II

Les Jardins du Palais Royal, le 12 Juillet 1789.

Le Palais Royal. — Au fond les galeries; au milieu le canon; à droite, le café Foy; à gauche, le musée des Figurines de Cire. — Grands arbres. — Chaises de Jardin.

SCÈNE I

MAUGUYON, CARRA, BONNEVILLE, FAUCHÉ, CHARTON, GENS DU PEUPLE, GARDES-FRANÇAISES, MARCHAND D'ORANGEADE GLACÉE.

UN HOMME DU PEUPLE, *dans un groupe.*

Avez-vous vu ce qu'osent, dans nos jardins, ces jeunes officiers, qui viennent braver la colère du peuple?

UN AUTRE

Ils ont mis l'épée à la main quand ils ont

entendu les clameurs que soulevaient leurs railleries et leurs sarcasmes.

L'AVOCAT, *faisant le renseigné.*

C'étaient M. de Sombreuil et M. de Polignac, officiers aux hussards de la Reine.

UN HOMME DU PEUPLE, *railleur.*

C'étaient M. de Quatre-Sous et M. de Blanc-Bec.

UN AUTRE

Deux de ces hobereaux vaniteux qui sont dans les conseils de la Reine et qui aboient comme des roquets derrière M. de Breteuil qui gronde.

PREMIER HOMME DU PEUPLE

Ils se sont enfuis quand nous avons montré les crocs.

MAUGUYON, *qui flâne*
et tourmente nerveusement la garde de son épée.

Ils sont partis, l'épée à la main, en vous traitant de musards, de traîne-savates et de gorets à Mirabeau...

DEUXIÈME HOMME DU PEUPLE

Ne touchez pas à Mirabeau. C'est lui qui a cloué votre Dreux-Brézé...

MAUGUYON

Oui, un grand mot, un joli geste, et, après, une sortie sans baïonnettes...

Voilà donc où nous en sommes : Mirabeau, l'idole du peuple ! Mirabeau, cette tonne de phosphore et de sang...

PREMIER HOMME DU PEUPLE

Ce grand tribun du Tiers !

MAUGUYON

Cet être pourri de vices, rongé d'ambition. cet échappé des prisons d'Aix et de Marseille, qu'on musèle avec un bâillon de toile d'or.

LE PEUPLE

Hou ! Hou ! Vive Mirabeau ! à bas l'aristocrate.

L'AVOCAT

Paix entre vous, Messieurs ! Pourquoi vous quereller ?... Vous savez bien que M. Necker est là pour tout arranger. Grâce à lui, le Roi et l'Assemblée nationale pourront faire bon ménage. M. Necker...

Carra, Bonneville, Fauché, Charton qui discutaient dans un coin arrivent au premier plan.

CARRA

Mon journal...

BONNEVILLE

Ton journal ! Ton journal... ! Il ne s'agit plus d'écrits et de déclamations. Il faut des actes. Depuis la journée du Jeu de Paume, l'Assemblée, épuisée ou terrorisée se tait. Il faut que Paris la réveille.

CHARTON

C'est à l'Hôtel de Ville que se joue la partie. Faut-il conserver le prétendu corps municipal ou organiser une commune ? Faut il armer Paris ?

FAUCHÉ

Armer ! lutter et vaincre ! Assez d'atermoiements. La parole est à la nation, et c'est Paris qui parlera.

LE MARCHAND

Orangeade, Barbade, Liqueur des Iles !

CARRA

Laisse-nous.

CHARTON

Voilà un mois que Sieyès a dit : « Coupons

le câble : tout est rompu entre la Royauté et le peuple ! » Voilà dix jours que nous possédons l'Assemblée Nationale...

SCÈNE II

LES MÊMES, MARAT

Marat déjà débraillé est haletant. Il cherche dans les groupes. Fauché l'aperçoit et descend vivement au premier plan. Dialogue à voix basse.

FAUCHÉ

Eh bien! tout est-il prêt? Les ordres du grand conseil...

LE MARCHAND, *passant tout près.*

Eau de Virginie!... Brioches à la Reine!

MARAT

Chut !

FAUCHÉ

... Sont-ils exécutés.

MARAT

J'ai armé les initiés, j'ai créé des dépôts de poudre et de fusils ; j'ai distribué des leviers et des pinces pour briser et forcer les grilles. Nos cabarets sont pourvus d'or et de liquide.

FAUCHÉ

Et les gardes-françaises ?

MARAT

Tous affiliés. Ils marcheront avec le peuple.

FAUCHÉ

Commence-t-on à s'habituer à l'idée de supprimer le Roi ?

MARAT

Ils n'oseraient encore crier : « A bas le Roi ! » Mais, déjà, on insulte la Reine.

FAUCHÉ

Et le clergé ?

MARAT

L'alcool délivrera bien les citoyens du respect qu'ils portent aux prêtres.

FAUCHÉ

C'est bien !.. Veille,.. et que, demain, Paris, enflammé, apprenne au monde que les temps nouveaux vont commencer.

MARAT

Ne crains rien. Tu fus prêtre renégat, et je

servis chez d'Artois. Nous avons nos humiliations à venger et notre conscience à étouffer. Nous irons peut-être plus loin que nos chefs ne l'ont espéré.

Ils reviennent se mêler au groupe de Bonneville, Carra, Charton, qui discutent au milieu des bourgeois.

CARRA

Il n'y a plus de Royauté ! Il n'y a plus en France que deux Républiques : celle des cinq cent mille électeurs qui ont délégué les pouvoirs à nos représentants, et celle de M. de Polignac, c'est-à-dire celle des boudoirs qui mènent le Roi, la Reine et tout le troupeau des courtisans.

SCÈNE III

LES MÊMES, JEAN

Mauguyon et Jean descendent.

MAUGUYON

Comment se porte le Marquis ?

JEAN

Ah ! bien, trop bien, hélas, car Madame la Marquise veut le retenir à l'hôtel, et lui, veut sortir pour savoir ce qui se passe. Pour le calmer, je suis venu aux renseignements dans cette foire aux potins, mais j'ai bien peur de ne pouvoir le contenir et de le voir descendre au milieu des bagarres...

Ils se promènent.

UN BOURGEOIS, *s'approchant du groupe et parlant à Bonneville.*

Mais enfin, Messieurs, le Roi n'a-t-il pas promis une charte ? Le Roi n'a-t-il pas rappelé M. Necker... ?

MARAT

Necker ! ambitieux sans énergie, qu'on appelle et qu'on chasse comme un laquais.

FAUCHÉ

Le Roi a accueilli sans murmurer Dreux-Brézé qui lui rapportait les paroles de Mirabeau. Qui s'incline devant une telle sommation consent ; qui se courbe s'avoue vaincu.

CARRA

VainVainc par l'Assemblée, le Roi veut prendre sa revanche sur Paris.

Eh bien ! il faut que nous organisions une garde-bourgeoise. Il faut que la commune de

Paris soit maitresse de ses destinées ! Il faut qu'elle ait l'Assemblée dans ses murs, qu'elle veille sur elle !...

MAUGUYON

Et qu'elle fasse un Etat dans l'Etat... Palsembleu ! Messieurs ! Ce n'était pas la peine de créer une France, forte et grande, si votre Paris veut être un gouvernement et un pouvoir à lui tout seul. D'ailleurs il me semble que, dans vos projets, vous en prenez à votre aise avec l'autorité du Roi !

CARRA

Il y a quelque chose de supérieur à l'autorité du Roi : c'est la volonté de la Nation !

MAUGUYON

Mais l'âme du Roi, c'est l'âme de la Nation, et l'âme du Roi n'appartient qu'à Dieu !

FAUCHÉ

Louis XVI nous a promis une charte où notre droit de contrôler les impôts serait reconnu. Il n'appartient plus au Roi, depuis le 20 Juin, de nous la donner. C'est au peuple de la prendre... même contre les baïonnettes.

MAUGUYON

Et si le Roi, soucieux des destinées du pays, disposé aux réformes, mais sachant que toute chose doit venir à son heure, si le Roi, qui aime la France et le peuple mieux que vous, estimait qu'il faut ajourner cette charte, vous opposeriez à ses loyaux soldats l'épée des gardes-françaises ?

LE PEUPLE

Vivent les gardes-françaises !

MAUGUYON, *portant la main à la garde de son épée.*

Criez : « Vivent les gardes-françaises ! » Je déclare, moi, que ces soldats, placés au milieu du peuple de Paris pour y représenter l'armée de France ont parjuré le serment de fidélité qu'ils avaient promis au Roi. On déserte devant l'émeute comme on déserte devant l'ennemi.

JEAN, *naïf.*

Et dire que Sa Majesté a fait délivrer ceux qu'elle avait emprisonnés.

Il fait tourner sa trique.

Ah ! la ! la ! Comme j'aurais vite fait de

mettre de l'ordre parmi ces braillards et leurs soldats de carton !

LE PEUPLE

A bas les aristocrates ! A bas les paysans ! Vivent les gardes-françaises !

SCENE IV

Les Mêmes, HOCHE ET MARCEAU

en sergents de gardes-françaises.

HOCHE

Qu'y a-t-il ? Pourquoi crie-t-on en notre faveur?

PREMIER HOMME DU PEUPLE

C'est ce freluquet qui déclare que vous êtes tous des traîtres et des déserteurs.

JEAN

Freluquet !

Il fait tourner sa trique. Mauguyon le retient.

MAUGUYON

Arrière, manants ! Je ne réponds pas aux injures de la populace. Je suis prêt à parler en face à des soldats.

Regardant Hoche dans les yeux.

J'ai dit, Monsieur, que, dans les troubles qui se sont produits, les Gardes-Françaises, payés par le Roi, équipés par le Roi, enrégimentés par le Roi, avaient commis un parjure en passant du côté de l'émeute.

Je répète que, pour un soldat, déserter à l'heure du péril, suivre sa fantaisie plutôt que son devoir et abandonner son drapeau, c'est une lâcheté.

MARCEAU, *tirant son épée.*

Vous allez sur-le-champ, Monsieur, me rendre compte de ces paroles.

HOCHE

L'heure est passée des cartels et des querelles particulières.

Nous nous sommes mis avec le peuple, Monsieur, parce que nous sommes enfants du peuple ; parce que nous croyons que le peuple a raison de réclamer ses libertés contre les privilégiés ; parce qu'il est las de souffrir et que quand il souffre, c'est notre cœur qui saigne.

MARAT, *quittant le peuple qu'il excitait.*

Et tu as raison, mon ami. Une lutte de classes

terrible se prépare. Il faudra être avec ou contre le peuple. Reste avec les tiens...

MAUGUYON, *éclatant.*

Ah ! je savais bien qu'il y avait, derrière ces égarés, quelque louche figure ! Ah ! je savais bien que, pour conduire ces malheureux vers la famine et vers le désespoir, il fallait la main d'ombre d'une société secrète, dont voilà l'émissaire.

Pauvres soldats ! pauvres prolétaires ! Vous allez assaillir ceux qui furent vos chefs, ceux qui furent vos prêtres, celui qui est votre Roi ! Et pour le profit de qui ?

Serez-vous plus heureux après la révolte ?

Non ! Il n'y aura que quelques ambitieux de contentés, que quelques haines d'assouvies.

Regardez celui-là, lâche, féroce, cupide, orgueilleux, sanguinaire. Il détruira la hiérarchie sociale ! Il anéantira la Patrie elle-même pour contenter sa volonté de dominer. Il sera le tyran infâme, sans cœur, sans entrailles, sans postérité, que vous porterez un jour au triomphe et dont, le lendemain, vous jetterez les cendres à l'égoût.

Marat, le franç-maçon, c'est l'ignominie, le mensonge...

LE PEUPLE

A mort ! A mort l'aristocrate ! Vive Marat ! A mort !

Mauguyon et Jean reculent lentement, l'un l'épée à la main, l'autre armé de son redoutable bâton.

MAUGUYON

Cent contre un. Je pars. Mais je vous retrouverai, Messieurs les soldats factieux.

Et quant à toi, pauvre peuple, je t'attends au jour où, saoûl d'ignominie, lassé d'infamie, tu crieras : A bas les tyrans de la démocratie ! à bas les profiteurs! à bas les politiciens ! pour te jeter dans les bras de ceux qui furent toujours tes protecteurs et tes soutiens naturels.

JEAN

Et toi, là-bas, si tu me tombes sous la patte, je jure que je ferai une fricassée de ton vilain museau.

Ils sortent.

SCÈNE V

LES MÊMES, MOINS MAUGUYON ET JEAN,

PUIS UN BOURGEOIS

MARAT, *à Hoche et à Marceau.*

Allons ! allons ! plus d'hésitations, c'est l'avenir ! c'est l'espoir. D'ailleurs n'oubliez jamais que vous avez juré d'obéir et que tout recul... c'est la mort.

LE BOURGEOIS *entre en criant.*

Savez-vous la nouvelle ? Necker est en route pour les Pays-Bas ! Le roi a chassé Necker !

LE PEUPLE

Mensonge ! Mensonge ! A bas l'aristocrate ! Vive Necker !

LE BOURGEOIS

J'arrive de Versailles. J'ai vu, de mes yeux, Necker partir pour l'exil. L'Assemblée est menacée. Ecoutez ceux qui savent. D'ailleurs voilà Camille Desmoulins.

SCÈNE VI

LES MÊMES, DESMOULINS, UN GROUPE DE JEUNES GENS

Le canon du Palais-Royal tonne. Du café Foy sort un groupe de jeunes gens. Camille Desmoulins escalade une chaise.

CAMILLE DESMOULINS

Aux armes ! Le Roi a chassé Necker ! Le Roi veut exiler l'Assemblée ! Le Roi veut anéantir Paris ! Les Allemands du Champ de Mars entreront ce soir dans la ville pour égorger les habitants. Parisiens, levez-vous ! Nos représentants sont à la merci de la Cour. Vous êtes livrés au soudards et aux mercenaires.

Regardez : à Charenton, Royal Cravate ; à Sèvres, Reinach et Diesbach ; à Versailles, Nasseau ; à Issy, Salis-Samade ; à l'Ecole militaire, Bercheny, Châteauvieux, Esterhazy, Roehner, tous les Suisses, tous les Allemands qui vont prostituer vos foyers.

Aux armes ! Arborons des cocardes !

Il prend des feuilles d'arbres et les distribue à la foule.

Au combat pour la liberté !

Des hommes apportent, du Musée des figurines de cire, le buste de Necker. On le voile de crèpe. On l'emporte. Sortie tumultueuse.

LE PEUPLE

Aux armes ! Aux Invalides ! A l'arsenal ! Vive l'Assemblée Nationale !

MARAT, *sur la sortie.*

Aux armes ! aux armes ! Vive l'Assemblée Nationale ! Que le peuple enfin libre connaisse l'étendue de ses droits. Que toutes les vieilles tyrannies s'abolissent. Sus à la Bastille ! Sus à la Royauté !

SCÈNE VII

MARAT, LE MARQUIS, CHARLES, CHARETTE, L'ABBÉ, MAUGUYON, JEAN.

Le Marquis paraît, appuyé sur Jean, suivi de Charles, de Charette, de l'Abbé et du Chevalier de Mauguyon.

LE MARQUIS, *allant droit à Marat.*

Infâme ! voilà donc où tu voulais en venir. Lorsque, chez moi, j'écoutais tes paroles haineuses, je savais bien que tes desseins cachaient autre chose que de vaines réformes sociales apprises dans les rhéteurs et les faux philanthropes.

Tu viens de crier : « Sus à la Royauté !.. »

C'est là que tu voulais en venir ? Et toute votre agitation : Cahiers des Etats, Serment du Jeu de Paume, Assemblée Nationale, tout cela n'est que comédie pour préparer la ruine du plus ancien et du plus noble des trônes.

Ainsi, au milieu des difficultés, un pays s'est formé sous la main tutélaire de ses princes. Ce pays, c'est la France ! La Royauté en a fait le soldat de la vérité, de la civilisation.

Elle est allée en Orient pour combattre la barbarie. Elle vient de mettre l'épée de ses jeunes gentilshommes au service d'un pays nouveau qui veut son indépendance et qui, parce qu'il n'a pas de traditions, va se créer des lois, et c'est lorsque la France s'est constituée, s'est affirmée, s'est imposée que vous, les hommes du Tiers, vous venez crier: « Sus à la Royauté ! »

Pauvres Cromwells de contrebande, mais par quoi la remplacerez-vous ?

Si vous réussissez, ce sera la ruée fauve des ambitions.

Des hommes, venus l'on ne sait d'où, menés par on ne sait qui, assumeront la responsabilité des destinées du pays. N'ayant à satisfaire que leurs appétits, ils n'hésiteront pas à sacrifier la fortune et la gloire de la Patrie pour un peu d'or, pour un peu de vanité.

Non ! non ! ce n'est pas possible qu'au siècle de Denain, où le Roi mourant parlait de se mettre à la tête de ses troupes pour arrêter l'invasion, vous osiez proférer ce blasphème : « Sus à la Royauté ! À bas la Royauté ! »

CHARETTE

Pourtant, dans les clubs, déjà, les amis, les affiliés, les émissaires de cet homme ont prononcé le mot de « République ».

On se targue de l'exemple de la jeune Amérique pour se passer de l'autorité d'un souverain et pour permettre à la nation de gouverner elle-même ses destinées.

Quelle folie ! Mais la France sans Roi, ce serait la famille sans père, la troupe sans chef, la horde livrée à l'anarchie...

L'ABBÉ

Et je dis, moi, qu'insulter la Royauté, c'est insulter Dieu.

Il faut à l'homme, sur cette terre, quelque chose qui lui fasse sentir instinctivement la puissance et la majesté divines.

Il faut aux citoyens, qui se sont groupés en patries, qui ont les mêmes intérêts, le même langage, dont le cœur bat à l'unisson, un homme qui parle au nom de la Patrie, qui soit le symbole de la Patrie, qui veille sur l'héritage sacré pour le transmettre aux générations futures ; un drapeau vivant, un chef façonné par les mains de la Divinité pour conduire les hommes, et c'est pour cela que Dieu a fait les Rois.

Ne touchez pas au Roi, car vous toucheriez à l'idéal de la France. Car vous souilleriez son beau drapeau couleur de pureté ! Car vous anéantiriez l'histoire ! Car vous insulteriez Dieu !

MARAT

Votre Dieu ! votre Dieu ! Mais le Christ a-t-il parlé de Royauté nécessaire ? Mais le Christ n'était-il pas républicain ?

LE MARQUIS

Les voilà les sophismes ! les voilà les mensonges de la philosophie ! Celui qui a dit : « Mon royaume n'est pas de ce monde » ; Celui qui rendait à César le respect dû aux maîtres de la terre ; Celui qui a organisé l'Eglise savait bien que l'égalité n'est pas possible sur cette terre et que la société, pour exister, doit être hiérarchisée.

Vous parlez des jeunes États de l'Amérique et vous voulez assimiler la vieille France à ces pays nouveaux.

Mais, là-bas, les familles ne sont pas constituées.

Mais, là-bas, on n'a pas de patrimoines à conserver !

Mais, là-bas, dans les plaines immenses, le travail n'a pas besoin d'être organisé.

Les hommes, à travers les déserts, peuvent vivre comme les bêtes sauvages !

C'est pour cela que la République leur est possible.

CHARLES

Et que faites-vous pour la défense du sol ? Comment organiserez-vous, dans votre République nouvelle, l'armée qui protège le pays contre les invasions ?

MARAT

Elle sera nationale. C'est le peuple tout entier qui se lèvera.

CHARLES

Soit ! En une heure de péril, cette armée

sera encore celle de Bouvines et de Fontenoy ! Mais dans la paix, qu'adviendra-t-il ?

Les chefs ne seront plus choisis que s'ils ont les idées des ministres du jour.

Les sentiments intimes dés officiers seront incriminés par un pouvoir variable et jaloux. Leur conscience sera scrutée et fouillée par des regards d'espions.

Livrés aux fluctuations du pouvoir, abandonnés aux hontes de la délation, ils verront s'affaibir chez eux le sentiment de la responsabilité. Quand on méprise les chefs, on apprend la défiance aux soldats et l'on prépare la débandade et la défaite.

Les gardes-françaises, recrutés dans les rangs du peuple, unis à des filles du peuple, suivent le peuple dans ses errements.

Prenez garde qu'au jour où l'armée, sortie du peuple, aura perdu la confiance dans ses officiers, la forte discipline, elle ne soit plus celle de la défense nationale, mais celle de la Révolution.

MARAT

Toujours la Patrie ! Toujours le Passé ! Toujours ce qui est.

Et moi, je rêve l'abolition de tout ce qui nous

opprime, de tout ce qui limite la liberté humaine, de tout ce qui réfrène nos passions et nos instincts.

Est-ce que l'oiseau connaît des frontières ? Est-ce que l'oiseau subit des lois ?

Pourquoi faut-il des patries ? Pourquoi faut-il des tyrans ? **Liberté ! Egalité ! Fraternité !** Voilà la devise de l'humanité nouvelle.

LE MARQUIS

Liberté ! liberté, c'est chez l'homme l'insurrection du mal ! Liberté, c'est l'orgueil qui se dresse contre les lois éternelles ! **Liberté, c'est désordre, anarchie, mort !**

Egalité ! rêve irréalisable qui, s'il existait dans le monde matériel, arrêterait immédiatement le mouvement des sphères et que vous voulez faire naître dans les milieux sociaux, non pas en élevant ceux qui sont en bas vers ceux qui sont en haut, mais en abattant les grands, les purs, les généreux, les beaux, pour les mettre au niveau de la commune bassesse.

Quant à la **Fraternité** dont vous osez parler, vous, Marat, vous, le sectaire, vous le républicain, mais, regardez donc dans votre âme. Elle est pleine de fiel et de haine.

C'est l'ambition, c'est la jalousie, c'est le

désir de commander qui vous poussent à la révolte.

Si vous étiez le maître un instant, vous écraseriez les humbles du poids de votre insolence ; si l'on vous confiait une parcelle du pouvoir, votre défiance ferait de vous le plus cruel des tyrans ; si vous déteniez le trésor public, vous empliriez d'or vos coffres et le giron de vos maitresses.

Alors, écrasé d'impôts, berné, raillé, maltraité, le peuple, réduit à la plus affreuse des misères, tombé à la plus basse des ignominies saurait ce qu'est votre Fraternité !

L'ABBÉ

Je prie Dieu de conserver à la France la liberté que donne à l'individu, à la commune, à la province le gouvernement royal.

Je prie Dieu de conserver à la France le sentiment de l'égalité de tous devant la justice céleste.

Je prie Dieu de maintenir sa loi d'amour, de justice et de fraternité sur les hommes de ce pays.

Et je prie Dieu de conserver à la France le chef de ses destinées pour l'empêcher d'être réduite et mutilée, pour l'empêcher d'être mise au ban des nations.

Sans roi et sans religion, il n'y aura plus ni sécurité, ni famille, ni honneur ! ni espoir !

Le canon tonne au-dehors. Une fusillade est toute proche.

SCÈNE VIII

LES MÊMES, HOMMES DU PEUPLE

UN HOMME DU PEUPLE, *le fusil à la main.*

On se bat à la place Vendôme ! On se bat à la place Louis XV ! A bas les privilèges ! Vive l'Assemblée Nationale !

D'AUTRES HOMMES

A la Bastille ! à la Bastille !

MARAT

Ecoutez ! écoutez ! demain le peuple abattra la séculaire Bastille où la Royauté semble garder ses privilèges et ses droits.

LE MARQUIS

Que la volonté de Dieu soit faite !

Mais, c'est un vieillard qui le prédit : après une heure ou un siècle de plus, le peuple, lassé, repentant, douloureux, brisé, réclamera de nouveau l'autorité traditionnelle et viendra se mettre sous l'égide de ses prêtres et de ses Rois?

La foule envahit la scène.

LE PEUPLE

A la Bastille ! Mort aux Suisses ! Mort aux soldats du Roi ! Mort aux aristocrates !

Charette, le Marquis, Charles, Mauguyon tirent leurs épées.

CHARETTE

Mais alors, c'est la révolte !

MARAT

Non ! non ! c'est la Révolution.

LE PEUPLE

Ah ! ça ira, ça ira.

LES GENTILSHOMMES

Vive le Roi !

ACTE III

Chez Marat, le matin du 10 Août.

Une pauvre chambre. Porte d'angle à gauche montrant un escalier. — Porte à droite. — Large fenêtre à droite ouverte. — Au mur, des emblèmes révolutionnaires, des affiches, des journaux : « l'Ami du peuple ! » — Une table couverte de journaux. Un rayon supportant des livres. Quelques chaises boiteuses. — La pièce est un peu mansardée. Au lever du rideau, le tocsin sonne. On entend la fusillade. C'est le matin d'une journée d'été.

SCÈNE I

CARRA, FAUCHÉ, DESMOULINS, MARAT

CAMILLE DESMOULINS

Viens ! viens ! il faut que l'on te voie aux côtés de Santerre. Le peuple pourrait faiblir devant les décharges des Suisses. Viens ! viens! volons au combat.

MARAT

Non ! non ! je reste ici, ma place n'est pas dans la lutte.

CAMILLE DESMOULINS

Ta place est dans l'ombre, n'est-ce-pas ?
Eh bien ! non, au jour de l'insurrection, il ne convient pas à ceux qui sont les meneurs de la foule de se dérober. Au combat ! au combat, te dis-je !

MARAT

Non ! non ! non ! Je reste ici !

CAMILLE DESMOULINS

Tu as peur ?

MARAT

Peur, moi ! Allons donc ! ne sait-on pas que je brave toutes les colères...

CAMILLE DESMOULINS

Du fond de ton antre... Enfin tu as peur, ou bien tu joues un rôle louche qui ne nous plaît qu'à demi. Danton et moi, nous pourrions....

MARAT

Des menaces, mon petit?

CAMILLE DESMOULINS

Pourquoi pas ?

MARAT

Les merles comme toi sifflent, ils ne sauraient mordre.

CAMILLE DESMOULINS

Je te répète, Marat, que Danton veut te voir au combat, à côté de nous, que Danton..

MARAT

Ton Danton donne des ordres et tranche du maître. Qu'avant de juger les actes des autres, il prenne garde à ses menées. Il n'y eût pas que Mirabeau pour se vendre à la cour; il n'y a pas que des Barnave pour se laisser séduire.

CARRA

Quoi ! toujours des accusations ?

MARAT

Oui ! toujours des accusations. Demain, il n'y aura plus de magistrature royale ! il faut bien cependant que le peuple soit renseigné sur ceux qui le trahissent. Crois-tu donc que le glaive de la justice populaire doive retomber sans savoir où il frappe. Nous sommes là, nous autres, pour désigner les coupables.

CAMILLE DESMOULINS

Cela s'appelle espionnage, délation, œuvre de mouchard !

MARAT

C'est œuvre de sécurité publique, c'est justice républicaine.

Nous sommes entourés de traîtres. Le peuple est las d'être entre les mains d'aristocrates comme Lafayette, auquel on avait osé confier Paris, malgré ses origines; de jouisseurs comme Danton, de cabotins comme Robespierre.

CARRA

Danton ! Robespierre ! Tes amis ! ...

MARAT

Oui, mes amis, jusqu'au jour... Enfin, le peuple est las de tant de trahisons. Ma place n'est pas au champ du combat. C'est dans l'ombre que j'agis... c'est dans l'ombre que je frappe .. c'est dans l'ombre que j'attends l'aurore rouge du jour de Liberté.

CAMILLE DESMOULINS

Et c'est dans l'ombre aussi que tu écrivais à Barbaroux—toi qui accuses les autres de pusillanimité et de vénalité — qu'il fallait, en ce jour du 10 août, en ce jour que nous attendons depuis si longtemps, massacrer le corps législatif, mais veiller sur le Roi et sur la Reine.

Est-ce pour cela que tu te caches ? Est-ce pour cela que tu fuis la lutte ?

MARAT

Enfant, qui ne sais rien des choses de la politique et qui ne comprends pas que si, aujourd'hui, le peuple supprime la légalité, M. Veto et sa compagne ne pèseront pas lourd devant l'émeute !

Vous vous en prenez aux personnes, et moi, c'est tout une société que je veux anéantir.

Si, ce soir, il n'y a plus ni armée prétorienne, ni assemblée législative, ni rien de ce qui représente le pouvoir, l'ordre, la loi, la Révolution triomphante poussera, d'un geste, au cercueil les tyrans et tous leurs seïdes, gentilshommes, prêtres et soldats.

FAUCHÉ

Oui, oui, que tout s'anéantisse, que tout s'effondre: traditions, croyances, coutumes. Et que, demain, s'établisse le gouvernement que nous avons préparé ?

La démagogie toute puissante, n'ayant plus ni Dieu, ni maître, marchera résolument vers le Progrès. Les hommes, débarrassés des superstitions, n'écouteront plus que la voix de l'intelligence.

Les autels, renversés, seront remplacés par des temples où des frères, disciplinés, instruits, observateurs scrupuleux des dogmes scientifiques, apprendront aux initiés les règles de la Société Moderne.

On ne verra plus, à la tête des armées, des Bouillé qui, au nom de leur Roi, brandissent leur épée contre la Nation en armes ; on n'y verra plus de La Fayette qui se targuent des services rendus pour imposer leur personne et chercher une popularité funeste aux intérêts généraux.

Soldats, magistrats, tous feront partie de la grande famille maçonnique. Tous subiront la loi scientifique, tous prendront le mot d'ordre à la loge, tous disparaîtront dans l'impersonnalité de la Société.

Quelque chose de formidable se dressera sur le monde pour effacer jusqu'au souvenir de l'autocratie, de l'aristocratie et de la théocratie.

CAMILLE DESMOULINS

Et ce sera changer Monsieur Véto et sa cour pour Monsieur Trois-Points et sa bande.

Mais Monsieur Veto, au moins, on le voit, on le connaît, on mesure du regard sa hauteur et on l'avertit que la Royauté absolue se tempère par le régicide.

Monsieur Trois-Points, c'est l'inconnu, c'est le terrible anonyme qui frappe par derrière et qui tue par le poison. Je suis républicain, personne n'en doute. Eh bien! j'aimerais autant le régime d'un Louis XVI que celui que vous voulez établir, au nom de la secte pour laquelle vous travaillez.

Je ne vois pas pourquoi le peuple aurait pris la Bastille, ramené son Roi comme un poulet en cage, fait le 20 Juin, préparé cette journée où nous affrontons la fusillade et l'épée des gentilshommes, pour que quelques inconnus puissent prendre le siège de Monsieur Capet et remplacer le pouvoir absolu par la tyrannie la plus honteuse et la plus lourde qui ait jamais été imposée aux humains.

Le peuple se bat! Le peuple offre sa poitrine aux coups des mercenaires: c'est pour établir une République qui aura la sagesse et la beauté de celle d'Athènes; une République généreuse, indulgente et large, artiste, spirituelle, frondeuse et batailleuse.

Je dis, moi, que si nous donnons à la France

un gouvernement démocratique, tout devra se faire au grand jour des assemblées librement élues, capables de discuter librement.

Je dis que la République ne peut vivre que par la force de la parole libre, de la plume libre et que, le jour où vous enchaînerez la conscience, où vous musèlerez la parole, où vous entraverez la plume, vous tuerez la République.

Quant à vos sociétés secrètes, elles avaient leur raison d'être lorsque les porteurs de l'idée nouvelle étaient traqués par la Royauté. Elles ne sont plus nécessaires, aujourd'hui, puisque nous allons supprimer les tyrans et les religions. Ce serait trop bête vraiment d'avoir secoué l'Europe et étonné le monde pour imposer à la France de nouveaux maîtres. Ce serait ridicule d'avoir chassé les disciples du Christ pour obéir aux sectateurs du Temple d'Hiram et du Jéhovah des Juifs.

MARAT

Prends garde, Desmoulins ! prends garde ! Tu veux t'attaquer à ceux qui ne pardonnent pas une injure, à ceux qui n'absolvent jamais.

Eh bien ! toi et ton Danton, vous paierez de votre tête vos velléités d'indépendance.

Nous avons pour armes la corruption, la calomnie, la délation.

On révèlera les entreprises de Danton avec la cour ; on vous salira ; on vous vendra ; on vous exécutera.

Ah ! vous voulez une République Athénienne. Ah ! c'est de la douceur, de la musique, des discours qui conviendraient à vos âmes éprises d'indépendance, de justice, de liberté.

Nous, c'est par d'autres moyens que nous comptons faire le bonheur du peuple.

Vous semez des fleurettes dans les champs nouveaux. Nous, nous passons le dur rouleau sur la récolte future.

Prends garde, Camille, prends garde. Je ferai la République forte, une et indivisible en coupant cinq cent mille têtes. Je faucherai tout ce qui me résistera, et toi et les tiens, vous serez les premiers abattus.

CAMILLE DESMOULINS

Viens, Carra, cet homme est fou. Allons nous battre pour nos idées, tandis qu'il restera dans son bouge. Ce soir, comme une hyène, il viendra déterrer les cadavres et glapir vers le ciel rouge de sang.

Journaliste des premiers jours de la Révolution, comme moi, tu inclines vers les Girondins. Nos idées bifurquent mais je sens bien ceci, c'est que, d'abord, cette bête fauve s'attaquera à toi et aux tiens.

Vous êtes les artistes de la Révolution, parce que vous êtes le cœur de la démocratie. Or, vous succomberez parce que, à ces sectaires, il ne faut ni art, ni cœur, ni idéal, ni bonté.

Et quand vous aurez tombé sous leurs coups — avec notre aide, peut-être, car nous vivons, grâce à eux, en une époque de fièvre, de défiance et de meurtre. — Danton et moi, qui sommes la tête, le courage et l'énergie de ce peuple en furie, nous disparaîtrons à notre tour.

Nous avons trop pour habitude de regarder en face nos adversaires pour n'être par poignardés au dos par ces gens qui n'aiment que les luttes sourdes, que les combats honteux et les moyens infâmes.

Mais, regarde-le donc le lâche, qui se terre quand on se bat ; mais regarde-le donc l'infâme, qui tue ses amis pour être seul à dominer : c'est lui, c'est son souvenir, c'est son exemple qui entraîneront la République à sa perte.

Toi, Fauché, le franc-maçon, et toi Marat, l'ambitieux au cœur sec, c'est vous qui serez la cause des restaurations futures et de l'échec de nos espoirs !

Au dehors, passe le bataillon des Marseillais.

LE PEUPLE

Le bataillon des Marseillais! Vivent les Marseillais! Vivent les Marseillais!

Au dehors, un chant grandit puis éclate sous les fenêtres.

Aux armes, citoyens,
Formez vos bataillons.
Marchons, marchons!
Qu'un sang impur abreuve nos sillons!

CAMILLE DESMOULINS, *à la fenêtre.*

Aux armes, Marseillais! Vous entendez le tocsin, cette voix du peuple. Il vous appelle au secours de vos frères de Paris. Que ce tocsin sonne la dernière heure du Roi et la première heure de la vengeance et de la liberté du peuple français.

Acclamations.

LE PEUPLE, *chantant au dehors.*

Allons, enfants de la Patrie,
Le jour de gloire est arrivé.
Contre nous de la tyrannie,
L'étendard sanglant est levé!
Entendez-vous dans les campagnes,

Mugir ces féroces soldats,
Qui viennent jusque dans nos bras
Egorger nos fils, nos compagnes!

Aux armes, citoyens,
Formez vos bataillons,
Marchons ! Marchons !
Qu'un sang impur abreuve nos sillons.

MARAT

Qu'est-ce que ceux-là ? Pourquoi vont-ils au combat sans chanter la « Carmagnole », ce glas des aristocrates ?

Des Girondins encore, des Dantonistes, des patriotes, des suppôts de la réaction.

CAMILLE DESMOULINS

Oui ! des patriotes ! C'est le bataillon des Marseillais qui, avant de partir à la frontière, marche sur les Tuileries pour combattre la Royauté.

L'hymne qu'ils chantent a été composé à l'armée du Rhin pour enflammer le courage de ceux qui vont défendre le sol sacré de la Patrie !

C'est le chant de la défense nationale ! c'est le cri de la vieille furie française et d'un peuple ivre de liberté !

Ecoute-le bien, Marat ! Incline-toi, Marat, devant la voix de la « Marseillaise ».

Quand toi et les tiens vous aurez conquis le pouvoir, vous n'oserez plus la chanter cette chanson des jours de victoire.

Alors, pour enflammer vos hordes prêtes au massacre, vous n'aurez plus que des chants écrits, comme tes articles, Marat, **avec une plume trempée dans la boue et le sang.**

On chante au dehors, dans le lointain :

Liberté ! Liberté chérie,
Combats avec tes défenseurs... !

MARAT

Ah ! tremper ma plume vengeresse dans le sang...pourvu que ce soit celui des tiens... Ah ! tout abattre ! tout écraser ! tout détruire, depuis les rêveurs, comme toi, jusqu'aux derniers défenseurs de tout ce que je hais, de tout ce qui m'abaisse, de tout ce qui insulte à mon âme ivre d'anarchie, et mettre sur le même échafaud avec le dernier des Rois, tous les prêtres, tous les aristocrates, tous les penseurs, tous les bourgeois, tous les indépendants et toute la France, enfin, car je vois bien qu'il y aura toujours en France des patriotes, des catholiques, des rêveurs, des fils du passé, des disciples de cette religion abhorrée qui ne sait parler que d'amour, d'humiliation et de charité !

FAUCHÉ, *calmant l'exaltation de Marat.*

Je vous en supplie, mes amis ! Ce n'est pas au jour où nous allons enfin porter à la Royauté le dernier coup qu'il faut nous diviser ! Allons aux Tuileries ! Crions : Vive la République ! à bas la Royauté !

CAMILLE DESMOULINS

Partons ! et quant à toi, Marat, cache-toi, cache-toi bien. Les chacals n'aboient qu'au clair de lune et ne vont pas au combat avec les lions.

SCÈNE II

MARAT

MARAT, *seul.*

Enfin, enfin ! ils sont partis !

Libre de mes pensées ! Libre de mon orgueil ! On se bat, c'est pour moi ! On meurt... c'est pour moi ! On crie... c'est pour moi ! Ah... voilà donc l'heure du triomphe et le paiement des souffrances d'autrefois.

Les bruits de la rue croissent. On entend, parmi la fusillade lointaine, le Ça-ira ! Une foule se rue. Des piques paraissent à la fenêtre. Des pancartes sinistres défilent au milieu des cris.

DES VOIX

« L'Ami du Peuple »! « L'Ami du Peuple ! » Marat ! Marat !

On voit surgir un écriteau avec ces mots : « Justice Nationale contre les Tyrans, Véto et sa femme! » Une potence avec ces mots : « Gare la Lanterne ! »

UNE VOIX

Citoyen Marat, ceux qui vont mourir pour la République te saluent !

MARAT, *à la fenêtre.*

Salut! citoyens! Gloire à ceux qui vont lutter pour la Révolution !

Aux Tuileries, et pas de quartier !

Que, ce soir, vous apportiez sur vos piques, à vos femmes qui vous attendent, à vos enfants, auxquels il faut donner l'exemple des vertus civiques, la tête de Véto, la tête de l'Autrichienne, la tête du petit Capet !

Que les marbres des Tuileries, arrachés des

carrières par les mains du peuple, soient lavés par le sang des aristocrates.

Pas de quartier ! pas de quartier ! Tant que vous n'aurez pas tué tous les suppôts de l'ancien régime ; tant que vous n'aurez pas abattu les têtes de tous les privilégiés, il n'y aura pas de sécurité pour vous.

Ce soir aux Tuileries ! demain aux Eglises, et que le peuple souverain, enfin maître de ses destinées, ne connaisse plus d'obstacles à l'exercice de ses droits !

LE PEUPLE, *au dehors.*

Vive Marat ! Aux Tuileries ! A mort les Suisses ! A mort les gentilshommes ! Vengeons nos morts du Champ-de-Mars !

MARAT

Oui ! vengez les morts du Champ-de-Mars. Ils sont tombés sous les coups de la légalité.

Que nulle barrière désormais n'entrave la liberté du peuple, la colère du peuple, la vengeance du peuple !

LE PEUPLE

Mort aux tyrans ! Mort aux gentilshommes ! Mort à la famille royale !

Il s'éloigne en chantant.

Ah ! ça ira, ça ira,
Les Aristos à la laterne,
Ah ! ça ira, ça ira, ça ira,
Les Aristos on les pendra.

et la Carmagnole, dans le lointain.

MARAT, *écoutant le tocsin et la fusillade, et regardant la foule s'éloigner.*

J'aurai donc assisté à l'agonie d'un régime et aux funérailles d'un roi !

Je n'étais qu'un pauvre savant ignoré, voué aux dédains des grands, et voilà que les grands s'enfuient éperdus dans la tourmente ! Voilà que moi, moi l'ignoré, moi le rebuté, moi le pauvre, moi qui suis laid, moi qui suis triste, moi qui courbais le dos et qui marchais dans l'ombre, j'envoie, d'un geste, le peuple à l'assaut de toutes ces splendeurs.

Tuez ! pillez ! massacrez ! Que le Louvre brûle ! Que Paris tout entier s'anéantisse dans un brasier !

Je ne me suis senti vivre qu'au jour où la Franc-Maçonnerie me donna la puissance, par l'intrigue et l'espionnage, de fomenter la révolte et d'anéantir le bonheur des superbes et des puissants.

Je vais connaître enfin l'orgueil quand j'aurai vu crouler tout ce qui dominait mon intelligence, ma volonté.

Le canon tonne.

Abattez les vestiges du temps passé. Faites sauter les musées, les églises, les palais.

Et, si ce n'est assez pour contenter ma haine, qu'il reste encore de la poudre pour me faire, un jour, sauter avec le monde à la face de Dieu !

La fusillade s'approche.

MARAT, *avec un rire de folie.*

Ah ! ah ! ah ! ah ! on se tue là-bas ! Ah ! on crève là-bas ! Vive la République ! Vive la République !

SCÈNE III

MARAT, LE MARQUIS, CHARLES, MAUGUYON, LE PRÊTRE, JEAN, LA FOULE.

VOIX AU DEHORS

Asile ! Asile !

LE PEUPLE

Mort aux aristocrates ! A la lanterne ! A la lanterne !

La porte s'ouvre. Entrent le Marquis et sa suite. Pendant toute cette scène la populace crie et parle sous la fenêtre. Le Marquis soutient Charles blessé ; Mauguyon s'appuie sur Jean. Le prêtre est sanglant, froissé, pâle et calme.

LE MARQUIS

Monsieur Marat, vous êtes notre ennemi, mais vous avez couché sous mon toit ; vous avez été mon serviteur et mon ami. Je vous demande l'hospitalité !

MARAT

Vous ! vous ! vous, à moi !

LE MARQUIS, *simplement.*

Nous avons lutté sur les marches des Tuileries. Mon fils est blessé ; le chevalier de Mauguyon est blessé ; épuisés tous, jetés tous dans le désarroi de la défaite, nous avons été séparés du reste des défenseurs.

Un flot de peuple nous a portés jusqu'ici et nous nous sommes réfugiés chez vous.

Nous vous demandons votre protection.

MARAT

Et c'est à moi que vous venez demander

asile ! Et c'est à moi que vous venez demander protection. Un humble soldat de votre cause n'en trouverait pas chez moi, et c'est un aristocrate, et c'est vous, vous l'ancien gouverneur, vous qu'on appelait le pacificateur, vous qui avez été mon maître! qui, aujourd'hui, venez implorer ma pitié !

CHARLES, *haletant.*

De la pitié, non pas, Monsieur ! Je n'ai pas besoin, pour mourir, de l'aumône d'un homme comme vous !

LE MARQUIS

Monsieur Marat, je ne vous parle ni de pitié ni du rang que nous avons occupé dans la société, ni de nos souvenirs.

Je suis chez vous parce qu'une porte m'était ouverte.

Je ne sais pas, je ne veux pas savoir si vous êtes mon ami ou mon ennemi.

Je vous demande asile parce que mon fils et mon ami sont mourants, parce qu'il y a derrière moi un prêtre incapable de répondre aux coups de ses ennemis, parce que je suis fugitif, parce que je suis poursuivi par la multitude, parce que je suis vaincu.

MARAT

Et vous trainez derrière vous la soutane du prêtre! Et vous croyez, peut-être, que celui-là, parlant de votre Dieu, fera mollir ma haine et faiblir mon courage! Eh bien! non, sachez-le. Je pardonnerais encore à un aristocrate, qui ne fut jamais que bourreau de mon corps. Je ne pardonnerai jamais au bourreau de mon âme. Que m'importent, chez votre Roi, toutes les défaillances, tous les complots avec l'ennemi? Que me faisait, à moi, la fuite à Varennes et le manifeste de Bouillé? Si je veux la tête de Louis XVI, c'est parce qu'il a déclaré qu'il succomberait plutôt que de signer la persécution de son Eglise; c'est qu'il a opposé son véto au décret sur les prêtres non assermentés.

C'est pour cela qu'aujourd'hui son palais est assailli par les masses populaires, c'est pour cela qu'il portera sa tête sur l'échafaud.

C'est parce que, vous le noble, vous êtes suivi du prêtre que je vais me venger, en un instant, de toutes les humiliations passées, de tout l'héritage de rancœurs que m'ont laissé mes ancêtres, de toute votre grandeur qui insulte à mon ignominie, de toute votre pureté qui flagelle mes vices, de tous les cris de ma conscience et de votre religion qui fait horre à mon néant, car (*désignant le prêtre*) **l'ennemi, le voilà.**

JEAN

Ah ! chenapan, voleur, bandit, assassin, buveur de sang, étrangleur, comme j'ai eu tort de ne pas t'assommer quand, le soir, je te voyais rôder dans les allées du parc comme un chien enragé.

Je savais bien que tu porterais malheur à la maison ! Je savais bien que tu deviendrais le misérable que voilà !

Tu as bien essayé, un jour, de m'enjôler et de m'emmener avec toi dans tes assemblées nocturnes. Tu m'as promis la fortune, l'indépendance, un tas de mensonges et d'horreurs.

Je t'ai répondu qu'un paysan de chez nous, ça ne trahit pas.

Mais, porc immonde, j'aurais dû te saigner.

Eh bien ! avant qu'on n'enfonce la porte, je t'assomme si tu continues à insulter mon Maître et Monsieur l'Abbé ! Je t'écrase ! Je t'aplatis comme une bête puante.

L'ABBÉ, *écartant Jean.*

S'il faut qu'un homme soit sacrifié aux colères de la foule, ce sera moi.

Ouvre moi, Jean, laisse-moi passer ! Ce tribun l'a dit : c'est au Christ qu'on en veut ! Je vais donner en pâture à leur haine un serviteur de Jésus-Christ.

MAUGUYON

Nous mourrons tous ensemble. Mais, avant d'aller rendre nos comptes à Dieu, étranglons ce bandit.

JEAN

Oh ! oui, Monsieur le Chevalier ! Oh ! oui.

A Marat.

Tu vas mourir, et, en t'assommant, je vais connaître le plus beau moment de mon existence.

LE MARQUIS, *le saisissant.*

Jean ! souviens-toi que nous sommes chez lui !... Avant qu'il nous ait livrés, nous devons lui garder le respect qu'il faut avoir envers ceux dont le toit nous abrite.

MARAT

Ah ! vous pouvez tous faire assaut de noblesse ! Ah ! vous pouvez, devant la mort, faire encore parade de grands sentiments ; vous ne pourrez rien sur mon cœur et sur ma résolution.

Allant à la fenêtre.

Citoyens ! il y a ici des aristocrates ! Citoyens ! il y a ici un prêtre ! C'est Marat qui vous les livre. A la curée ! Mort ! Mort aux prêtres et aux aristocrates !

SCENE IV

LES MÊMES, LE PEUPLE

La porte s'enfonce. Un flot de sans-culottes envahit la pièce.

LE PEUPLE

Mort ! Mort aux aristocrates.

Au dehors retentit la « Carmagnole. » Le marquis et ses amis reculent lentement vers le fond. Le prêtre se met à genoux devant les blessés. Jean les protège tous de son redoutable bâton.

MARAT

Pas de quartier ! pas de quartier ! Mort ! Mort aux aristocrates !

VOIX AU DEHORS

Arrêtez ! arrêtez ! au nom de la loi, arrêtez !

SCÈNE V

LES MÊMES, HOCHE, MARCEAU

Hoche et Marceau, en costume d'officiers, fendent le flot et viennent se mettre devant les martyrs.

MARAT

Que voulez-vous ? De quel droit ! mais vous êtes fous !

UN HOMME DU PEUPLE

C'est Hoche et Marceau, deux des vainqueurs de la Bastille.

UN AUTRE

Deux officiers qui partent à la frontière !

MARAT

Mais que venez-vous faire ici ?

HOCHE

Empêcher l'assassinat et sauver l'honneur de la Nation.

MARAT

Ces gens ont lutté contre le peuple ! Ils appartiennent au peuple ! Je les livre à la colère du peuple !

A Hoche et à Marceau.

Souvenez-vous du serment solennel d'obéissance que vous avez prononcé !

HOCHE

Nous avons juré de combattre pour l'émancipation des peuples. Nous avons juré de faire de notre pays une terre de civilisation, de justice et de liberté. Nous n'avons jamais promis d'être des lâches et des bandits.

Demain, il n'y aura plus de Roi. Demain, ils seront des factieux et nous les combattrons face à face, sous l'égide de la loi.

Aujourd'hui, c'est vous qui représentez l'insurrection.

Notre devoir d'officiers est de les protéger. Nous n'y faillirons pas.

UN HOMME DU PEUPLE

Vous trahissez la cause du peuple ! Vous n'êtes pas des républicains !

HOCHE

Nous défendons la loi, le malheur et la fidélité.

C'est là le devoir des sincères et honnêtes républicains.

Quand vous oublierez ces principes sacrés

d'honneur et de probité, la République ne sera plus qu'un nom et les citoyens qu'une horde d'anarchistes et de malfaiteurs.

Citoyens, nous allons partir aux armées. Laissez-nous dire aux peuples étrangers chez lesquels nous allons porter le tableau des Droits de l'Homme que la France est toujours la terre de la générosité et qu'on y frappe les adversaires, mais qu'on n'y assassine pas des vaincus.

UN HOMME DU PEUPLE

Il a raison.

UN AUTRE

Eh bien ! que le prêtre crie : « Vive la Constitution ! » et coiffe mon bonnet rouge.

Il lui jette son bonnet.

LE PRÊTRE

Monsieur le Marquis de Talmont, Monsieur Charles de Talmont, Monsieur le chevalier de Mauguyon sont des soldats d'une cause que le malheur a faite sacrée.

Je suis, moi, un prêtre réfractaire. Je ne connais d'autre maitre que mon Dieu ! Je n'ai d'ordres à recevoir, sur la terre, que du vicaire de Jésus-Christ et du Roi qu'il a sacré. Je ne coifferai pas ce bonnet et je ne renierai pas ma foi.

Prenez-moi ! Je me livre ! Que mon martyre serve à apaiser les haines et désarme la colère du peuple...

LE MARQUIS, *tirant son épée.*

Non ! non, tous ensemble ! pour Dieu ! pour le Roi !

HOCHE ET MARCEAU, *tirent leurs sabres et contiennent le peuple.*

Non ! non ! partez par là. Notre honneur d'officiers est lié à votre préservation.

A Marat.

Et tu entends, Marat, s'ils succombent nous tomberons avant eux.

MARAT, *haineux.*

Eh bien ! soit ! qu'ils fuient par cette porte. Qu'ils s'en aillent grossir l'armée des ennemis de la patrie ! qu'ils s'en aillent rejoindre les traitres de Coblentz à la solde de l'étranger.

LE MARQUIS

Si nous sortons vivants d'ici nous n'irons pas chercher l'appui de nos séculaires ennemis.

Nous resterons sur la terre de France. Nous irons avec les paysans, avec les croyants de la vieille Vendée, mourir pour notre religion, mourir pour la Royauté !

UN HOMME DU PEUPLE

Laissons ces chiens d'aristocrates, puisqu'ils sont derrière des soldats. Allons à l'Assemblée voir le Roi prisonnier et réclamer la déchéance !

TOUS

A l'Assemblée! la déchéance! la déchéance !

MARAT

Non, pas la déchéance, la mort, la mort honteuse sur l'échafaud.

LE MARQUIS

A genoux, prions pour le salut du Roi.

LE PRÊTRE, *élevant un Christ.*

Que Dieu protège la France!

ACTE IV

Une clairière dans la forêt de Perthe près de Laval, en 1799.

Au long du tronc d'un gros arbre, élevé sur un tertre, on a dressé un humble autel, au pied duquel l'abbé s'est endormi. Les Chouans sont couchés dans la clairière. Un feu de bivac s'éteint. Au premier plan, le Marquis de Talmont et Jean, le fusil à la main, causent, assis sur un tronc d'arbre. C'est l'aube d'un jour d'été.

SCÈNE I

LE MARQUIS DE TALMONT, L'ABBÉ, CHARLES DE TALMONT, LE CHEVALIER DE MAUGUYON, JEAN, RENÉ COTTEREAU, PAYSANS VENDÉENS

LE MARQUIS

Alors, c'est Jean Chouan qui est de grand' garde cette nuit.

JEAN

Oui.

LE MARQUIS

Sous sa surveillance, nos pauvres gars peuvent dormir en paix.

Brave cœur, que ce Jean Chouan! du courage, de la patience, de la fidélité.

C'est lui qui a donné à ses amis, à ceux qu'il a ralliés à notre cause le signe qu'ils portent cousu sur leurs vestes: le Sacré-Cœur de Jésus.

C'est lui qui est le chef reconnu de tous ceux qui se sont levés à son exemple.

Ce n'est plus qu'avec des hommes comme cela que l'on peut défendre encore les derniers vestiges de la Royauté (*montrant le grand arbre*) et les derniers autels encore debout.

JEAN

Alors, Monsieur le Marquis, c'en est fini de l'armée des princes et des secours des rois.

LE MARQUIS

L'armée des émigrés a été dispersée, il y a longtemps, par les républicains.

On ne lutte pas impunément contre la Nation.

Si tous ceux qui sont allés à Coblentz étaient venus ici, la vieille noblesse de France, unie aux paysans, aurait eu raison des factieux, et les provinces insurgées et épouvantées par les crimes de Paris, y auraient écrasé la Révolution...

JEAN

On dit dans nos campagnes, Monsieur le Marquis, que les républicains se dévorent entre eux, comme des chiens au moment de la curée.

Quand on fait prisonnier un officier bleu, même en le plaçant devant le peloton d'exécution, il déclare que sa République est une et indivisible, mais il y a des gars qui sont allés à Paris et qui ont raconté que l'échafaud y est dressé en permanence, non pas seulement pour nous autres, mais aussi pour les brigands, qui finiront par se manger eux-mêmes.

LE MARQUIS

Ceux qui t'ont dit cela avaient raison, mon gars. Une moitié des républicains a déjà exterminé l'autre.

Mais, tant qu'il y aura des ambitieux sans envergure, des égoïstes, des êtres qui ne vivent que pour les satisfactions immédiates, des hommes qui placent leur idéal non pas en Dieu non pas dans la Beauté, la Vérité, la Justice, mais dans le contentement des appétits matériels, il y en aura assez pour mener la République et pour conduire la France à sa perte.

Vois-tu, mon brave Jean, on grise les hommes comme toi, les simples, les naïfs, avec le mot de Liberté, comme on les saoûle avec l'alcool.

On leur promet le bonheur, l'indépendance, le repos, puis on leur donne la misère, la servitude et on les oblige à ramper devant des tyranneaux qui s'appellent maires, préfets, députés, sénateurs, présidents et qui, n'ayant rien à conserver, guidés par des intérêts plus que par des idées, tondent le pauvre peuple comme un berger tond ses moutons.

La République, c'est une façade en carton pâte, comme on en fait pour les fêtes publiques. C'est rutilant, haut dans le ciel, tout resplendissant d'ors et de bannières. Derrière, il n'y a qu'un cloaque.

Ceux qu'on appelle les Girondins sont partis les premiers parce qu'ils étaient beaux, éloquents et qu'ils prétendaient racheter leurs fautes passées par un noble souci de la dignité humaine.

Robespierre, le froid sectaire, Robespierre, l'homme sans enthousiasme, sans amour, est au pouvoir suprême, et Marat achève de pourrir au Panthéon.

JEAN

Guillotiné aussi, celui-là ? ou étranglé par un honnête homme ?

LE MARQUIS

Poignardé par une jeune fille !

Le bourreau, lui-même, aurait hésité à toucher cette tête où suintaient toutes les passions de la populace et tout le fiel des haines féroces.

Robespierre, le dictateur, Robespierre aurait eu peur de mettre en accusation cette bête fauve.

Et c'est la main blanche et frêle d'une jeune fille qui a fait justice de tant de crimes et de bassesses.

En supprimant Marat, elle a montré aux républicains, déjà lassés de ce régime de sang, aux inassouvis qui veulent une place au pouvoir, qu'un homme est bien peu de chose, et Robespierre...

JEAN, *interrompant.*

Robespierre, c'est ce petit avocat, maigre député à l'Assemblée nationale, que nous vîmes un jour, avec Pétion, pâle et muet dans sa voiture traînée par le peuple ?

LE MARQUIS

Et qui a montré ce que peut, dans une démocratie, la volonté d'un homme décidé à tout anéantir pour s'imposer.

Demain, Robespierre, ou quelque autre ambitieux implacable, si le premier succombe dans la lutte, sera le maître absolu de cette France qui ne peut pas longtemps haïr, qui ne sait qu'aimer et qui renie son Dieu pour adorer une idole, qui chasse son roi pour encenser un tyran.

JEAN

Alors, Monsieur le Marquis, tout est bien fini ?

LE MARQUIS

Non ! Il faut que les pays, comme les individus, souffrent pour apprendre la vie.

Un cœur n'est trempé que lorsqu'il a été recuit par la douleur.

Un être n'est mûr pour la rédemption que lorsque la griffe des fauves passions a déchiré son âme.

Un oiseau ne monte vers les espaces infinis qu'après de nombreux crochets qui le ramènent vers la terre !

La France est éternelle ! La France marche vers ses destinées. Mais, avant de toucher au port, elle sera humiliée, abaissée, frappée.

Elle errera dans la nuit, dans la tristesse, dans le désespoir. Elle sera la réprouvée dont on se détourne, jusqu'au jour où elle retrouvera sa voie, car Dieu n'abandonne pas la France.

Le jour se lève. Une cloche tinte dans le lointain. Le Marquis appelle.

Allons, les gars ! debout ! C'est l'heure de relever la garde. C'est le moment de la prière.

Tout le monde s'éveille. Le prêtre, lentement se dresse devant l'autel. Les Chouans s'agenouillent. Jean éclaire deux flambeaux.

LE PRÊTRE

Notre Père qui êtes aux cieux...

Les assistants répondent à voix basse et la prière est dite lentement. Tous se relèvent et, appuyés sur leurs fusils, écoutent l'abbé.

Mes gars, la forêt s'éveille. La nature resplendit sous les baisers du soleil. Là-bas, dans les plaines blondes, la moisson se dore au souffle de l'été, et, dans son berceau, inconscient des misères de l'heure, l'enfant sourit au jour qui naît, à la vie qui s'ouvre. Louons Dieu !

LES CHOUANS

Louons Dieu !

LE PRÊTRE

Nous sommes errants, proscrits, fugitifs et les cloches de nos églises se sont tues sur le passage des méchants. Elles reprendront leurs voix d'allégresse et de consolation, et le règne de Dieu arrivera. Louons Dieu !

LES CHOUANS

Louons Dieu !

LE PRÊTRE

Rien d'humain ne peut connaître ses volontés ! Nul ici-bas ne peut savoir pourquoi il nous frappe et pourquoi il nous a dispersés. Louons Dieu !

LES CHOUANS

Louons Dieu !

LE PRÊTRE

Qu'il nous donne aujourd'hui l'humble froment qui soutiendra nos corps ou que nous mangions ce soir le pain de la tombe, louons Dieu !

LES CHOUANS

Louons Dieu !

LE PRÊTRE

Tout se paie sur la terre comme au ciel. L'épi n'est qu'à ceux qui ont labouré le sol. Ceux qui ont souffert ici-bas, ceux qui ont sacrifié les joies de l'existence conquerront le ciel et verront la lumière. Ce soir, peut-être, nous serons tous morts. Alors nous nous présenterons au tribunal de la Justice Divine et nous dirons : « Seigneur, pardonnez-nous nos offenses! Seigneur, pardonnez-nous nos faiblesses, car nous ne vous avons pas renié, car nous ne vous avons pas abandonné au moment du péril. »

LES CHOUANS

Gloire à Dieu dans sa bonté ! Gloire à Dieu dans notre humilité !

LE PRÊTRE

Gars de Vendée, de Bretagne, du Maine et de Normandie, fils de France : le danger est autour de vous et la Mort est là qui vous guette. Je vous donne l'absolution de tous vos péchés.

Je vous promets le ciel !

Vous les humbles, vous les pauvres, vous les ignorants, vous serez assis à la droite du Seigneur avec les plus grands et les plus purs.

Et je vous promets aussi qu'un jour l'histoire, délivrée des mauvaises passions, vous saluera comme les martyrs d'une cause sainte !

Gars des vieilles provinces ! fils de la vieille France, au combat pour votre Roi ! au combat pour votre religion ! Sachez mourir pour votre Dieu !

LES CHOUANS

Vive le Roi et gloire à Dieu !

LE MARQUIS

Allons, les gars, chantons la *Royaliste*.

LE CHŒUR

Blanche est notre cocarde,
Blanche comme les lis.
Et notre drapeau garde
Une croix dans ses plis.

RENÉ COTTEREAU.

Fils de l'Eglise,
Chevaliers, paysans, soldats,
Quand il faudra mourir pour la France chérie,
Quand il faudra mourir pour Dieu dans les combats.
Arborons haut notre devise :
Pour Dieu ! Vive le Roi ! Vive notre Patrie !

LE CHŒUR

Blanche est notre cocarde
Blanche comme les lis,
Et notre drapeau garde,
Une croix dans ses plis.

SCÈNE II

LES MÊMES, JEAN CHOUAN.

Jean Chouan est entré lentement ! Il se signe en passant devant l'autel et s'avance vers le Marquis.

LE MARQUIS

Eh bien ! mon fils ?

JEAN CHOUAN

Rien de nouveau quant aux mouvements des troupes. Mais...

LE MARQUIS

Tu as vu quelque chose ?

JEAN CHOUAN

Sur la montée de Laval, j'ai aperçu un cavalier portant l'uniforme des officiers républicains et qui se dirige vers nous.

MAUGUYON

Sur la montée de Laval... Il ne sera pas ici avant dix minutes, au grand trop, et tu as pu...

CHARLES

Dans la vie en campagne, au milieu des périls incessants, nos paysans sont arrivés à une puissance de vision et à une finesse d'oreille égales à celles des sauvages de l'Amérique.

Ah ! mes soldats d'autrefois ne valaient pas, malgré leur emballement, malgré leur gaîté au feu, ceux-là qui savent mourir longtemps et qui écoutent, sans broncher, la mort en marche dans la solitude hostile des forêts.

LE MARQUIS, *à Jean Chouan.*

Mais, mon gars, dis-nous ce que tu veux !

JEAN CHOUAN

Eh bien ! cet homme vient par ici. C'est un courrier, un éclaireur ou un espion. Faut-il l'abattre au débusqué ?

LE MARQUIS

Non ! nous ne tuons, nous autres, que pour défendre ou pour vaincre.

Tu le laisseras arriver à vingt pas du fourré..

Tu le sommeras de mettre pied à terre et tu l'amèneras ici.

MAUGUYON

Mais, s'il riposte par un coup de pistolet !. S'il tue Jean Chouan.

LE MARQUIS

Tu le regarderas bien dans les yeux. Il ne te tuera pas. Va !

JEAN CHOUAN

C'est bien. Dans cinq minutes, nous serons ici.

SCÈNE III

LES MÊMES, MOINS JEAN CHOUAN

MAUGUYON

Un officier, a dit Chouan. Est-ce que ce serait un parlementaire ? Est-ce qu'un des leurs aurait l'audace de venir ici nous apporter une sommation et nous braver ! Ah ! je lui ferais payer nos prisonniers, abattus comme des bêtes sauvages et nos éclaireurs massacrés...

LE MARQUIS

Celui qui vient est seul contre une troupe.

Quoi qu'il dise et quoi qu'il fasse, il sera traité ici avec la dignité qui convient à la dernière armée du roi Louis XVI.

SCÈNE IV

LES MÊMES, JEAN CHOUAN, MARCEAU

JEAN CHOUAN

Cet homme a refusé de me rendre son épée. Mais il a juré qu'il ne venait pas en ennemi.

A part.

N'importe, c'est un bleu.

Haut.

Vous autres, au premier geste, abattez-le comme un chien.

MARCEAU, *se découvrant.*

Monsieur le Marquis de Talmont.

LE MARQUIS

Vous, Marceau ! Vous général de la République, vous ici !

MARCEAU

Moi, et parce que je savais que vous y étiez. Ce n'est pas un général de la République qui vous cause : c'est un condamné, déjà ; c'est un fugitif qui, avant d'aller où le destin l'appelle s'est souvenu qu'il y avait, par là, des hommes qui l'avaient aimé jadis, qui est venu se mettre entre vos mains, car il souffre, car il ne sait plus où aller, car son cœur saigne, car il est fou d'irrésolution et de désespoir.

LE MARQUIS

Vous voulez me causer, mon enfant ?

A tous.

Eloignez-vous.

Les Chouans forment le cercle au fond de la clairière.

MARCEAU

Monsieur le Marquis, demandez à Monsieur l'Abbé, à Monsieur de Talmont et à Monsieur de Mauguyon de rester près de nous.

C'est presque une confession, dont je veux décharger mon cœur ; c'est presque une absolution que je réclame. J'ai besoin d'amis. Malgré ce qui est advenu de mes croyances anciennes et malgré nos rivalités, laissez-moi vous donner ce nom.

LE MARQUIS, *sans répondre* .

Asseyons-nous là.

MARCEAU

Monsieur le Marquis, vous m'avez dit un jour, dans un château de ce pays, qu'on n'est un héros que lorsqu'on n'a jamais trahi la cause à laquelle on a juré fidélité.

Eh bien ! engagé dans les armées du Roi, j'avais promis de défendre la cocarde blanche, et puis, dans les sociétés secrètes, j'ai juré de donner mon existence pour le peuple et pour la liberté.

J'ai couru sus à la Bastille ! j'ai combattu contre les derniers fidèles de la monarchie et et je n'ai demandé qu'une chose à mon pays : le droit de mourir pour une France initiatrice; l'honneur de porter, à la pointe de mon épée, les droits de l'homme chez les peuples asservis...

LE MARQUIS

Et vous avez connu les massacres de Septembre — et vous avez servi les furies de la Révolution !

MARCEAU

Tout cela n'est rien encore pour mon âme

tourmentée. Un régime ne prend pas la place d'un autre sans violence.

Il fallait, peut-être, que notre République décapitât un Roi pour s'imposer en face des Royautés.

L'ABBÉ

Venez-vous ici pour faire l'apologie du régicide et du sacrilège ?

MARCEAU

Je viens souffrir, je viens pleurer avec ceux auxquels je puis confier ma douleur. Je n'ai pas le courage de me repentir et de renier les enthousiasmes de ma jeunesse et les rêves de mes beaux vingt ans

LE MARQUIS, *toujours froid.*

Poursuivez votre histoire.

MARCEAU

Ce n'est pas contre les étrangers qu'on a employé mon épée : c'est contre des Français. On m'a désigné pour servir en Vendée. Ah ! la servitude militaire... !

CHARLES DE TALMONT

Elle est dure ! Elle est grande ! Officier de la

République, je vous plains si vous avez dû manquer à votre devoir.

MARCEAU

J'ai observé ma consigne en face des hommes. Mais un serment, quel qu'il soit, peut-il vous obliger à assassiner lâchement les femmes et les enfants ? Peut-on forcer un homme à devenir, pour ses idées, un tortionnaire et un bourreau ?

MAUGUYON

On dirait, mon petit, que vous n'avez pas lu les journaux de votre ami et initiateur Marat et que vous ne savez pas qu'un meurtre ne pèse guère devant la société dont lui et vous faisiez partie.

MARCEAU

Ah ! j'ai bu le calice d'ignominie jusqu'à la lie. C'est vrai ! quand l'homme s'écarte des croyances de la jeunesse, qui sait où le conduit son âme révoltée? Qui sait où peut mener l'ambition de renverser et le désir d'effacer le passé?

L'ABBÉ

Dieu avait donné aux hommes ses Comman dements et le Sermon sur la Montagne qui dit tout.

Nos sciences philosophiques et sociales ne seront jamais que des paraphrases, des plagiats, des parodies de cela, ou bien elles seront un fatras de théories creuses et d'absurdités !

LE MARQUIS

Ne discutons pas avec celui qui souffre.

Parlez, mon ami ! Il y a , en ce moment, en vous quelque chose de supérieur à cette raison qui n'a été donnée aux hommes que pour proférer des sottises. C'est votre cœur qui parle : écoutons-le.

MARCEAU

Obligé à faire non plus une œuvre de soldat mais une besogne de policier, je n'ai pas pu ! Je n'ai pas pu !! **Je n'ai pas pu** !!!

J'ai rencontré, dans un château, une pure et sainte jeune fille. C'était une aristocrate. Je devais la livrer aux mains de la justice révolutionnaire...

MAUGUYON, *violent.*

Ne dites pas la justice révolutionnaire, dites: des bourreaux de la République.

MARCEAU

J'aurais dû la livrer... et je ne l'ai pas fait.

Je suis décrété d'accusation! Je suis un rebelle ! Je suis un soldat déshonoré !

CHARLES DE TALMONT

Et c'est un soldat qui vous tend les deux mains. Pleurez, ami ! Pleurez sur le cœur d'un frère !

L'ABBÉ

Venez parmi nous, mon ami ! Toute faute se rachète ! Toute trahison s'expie ! Rentrez dans le giron de l'Eglise Catholique, venez combattre sous le drapeau de la foi.

MARCEAU

Je ne sais plus être un renégat! Je ne puis pas changer de parti.

Ah ! s'il ne sagissait que de courber les genoux devant les autels de mes pères, comme je le ferais avec plaisir !

Ah ! s'il suffisait de dire : « Mon Dieu! mon Dieu ! prenez-moi ! Mon Dieu ! mon Dieu ! pardonnez mes faiblesses ! comme je serais heureux. Mais il y a les hommes ! il y a les hommes !

Nerveux.

Je suis du peuple, moi ! Je suis un soldat de l'armée nationale ; jesuis un officier créé par la démocratie.

Je vais mourir par la loi du peuple dont je suis sorti.

Laissez-moi poursuivre mon chemin. J'ai crié ma peine ! J'ai pleuré ! Je me sens fort maintenant.

Si j'ai trahi les lois de l'amitié, si j'ai oublié les devoirs sacrés de la reconnaissance, pardonnez-moi, pardonnez-moi !

LE MARQUIS

Mon enfant, nous sommes voués, nous aussi, à la mort prochaine.

Notre trépas, à nous, sera exempt de tout remords !

Mais, au nom de notre Dieu, au nom du Roi martyr et de sa descendance douloureuse, au nom des gentilshommes sacrifiés, je vous pardonne vos fautes et vos renoncements, car vous avez gardé en vous l'amour de la Patrie, car vous êtes resté honnête, pur, loyal.

Républicain inconscient des malheurs accumulés sur la France, vous n'êtes qu'une victime : je vous absous.

Un long silence.

Vous avez cru pouvoir, sur la foi de ceux qui vous ont entraîné, régénérer votre pays en lui enlevant les principes sacrés qui ont fait sa force et sa grandeur dans le passé. Vous succombez dans la lutte, et seuls, les égoïstes qui vous ont poussé en avant, profiteront de tant de sang répandu, de tant de bonheurs annéantis!

Vous souffrez! vous succombez, et c'est pour mettre à la tête du pays des êtres cupides et sans vergogne qui ne songent qu'à jouir et à se repaître, comme des pourceaux.

Vous supprimez la dîme, et c'est pour payer sextuple dîme aux capitalistes internationaux qui se rient de vos efforts, comme ils se moquent de votre Patrie.

Vous abattez la noblesse et vous décapitez ceux qui, pendant douze siècles, sont morts pour vous, et c'est pour vous courber sous le fouet des parvenus et des barons du Golgotha.

Vous enlevez Dieu des chaumières et des écoles, et c'est pour voir grandir des générations sans idéal, sans rien qui les guide sur le chemin semé de fondrières de la vie, des générations vouées au meurtre, au vice, au désespoir et au suicide.

Dans ce milieu, si morne et si bas, ce sont des jeunes gens comme toi, Marceau, qui, par leur sacrifice, font encore aimer la République et la feront vivre quelque temps, malgré la désaffection des foules et la colère des pères.

Mais un jour, ce seront tes pareils qui, désabusés, enflammés d'un nouvel enthousiasme, rétabliront l'Eglise dans ses droits, la Royauté dans ses pouvoirs, afin de porter fièrement le nom de Français.

MARCEAU

Que sais-je ? Qu'adviendra-t-il de tant d'espérances ? Comment finira la chanson que nous avons entonnée allègrement en 89, qui hurle aujourd'hui comme une furie, qui s'achèvera peut-être dans un long sanglot ?

Adieu ! je retourne à mon poste, je vais me livrer à l'échafaud qui m'attend.

CHARLES DE TALMONT

Embrassons-nous comme des soldats avant le combat.

L'ABBÉ

Brebis égarée du troupeau du Seigneur ! Fils de France qui n'a pas connu ce qu'il fallait faire pour le bonheur et la gloire de la France, avant que tu n'ailles payer de ta vie tes fautes et tes erreurs, je te donne la bénédiction du prêtre et le baiser du chrétien.

LE MARQUIS

Pauvre petit soldat, entre les tiens et les nôtres, il n'y a qu'un malentendu !

Ils se retrouveront plus tard, unis et forts, dans une fraternité semblable à celle d'autrefois. Dieu rassemblera les fils de France ! Dieu effacera le souvenir des mauvais jours ! Embrassons-nous !

On entend des coups de fusil.

JEAN CHOUAN

Alerte ! alerte ! voilà les bleus.

LE MARQUIS, *à Marceau.*

Partez par ce sentier. Allez vers les vôtres et soumettez-vous à leurs lois.

Aux paysans.

Et vous, en avant, les gars ! Egaillez-vous ! Feu ! feu partout **pour Jésus-Christ et pour le Roi !**

www.ingramcontent.com/pod-product-compliance
Ingram Content Group UK Ltd.
Pitfield, Milton Keynes, MK11 3LW, UK
UKHW031905260826
14628UKWH00002B/996

9 782019 930394